却為鄉

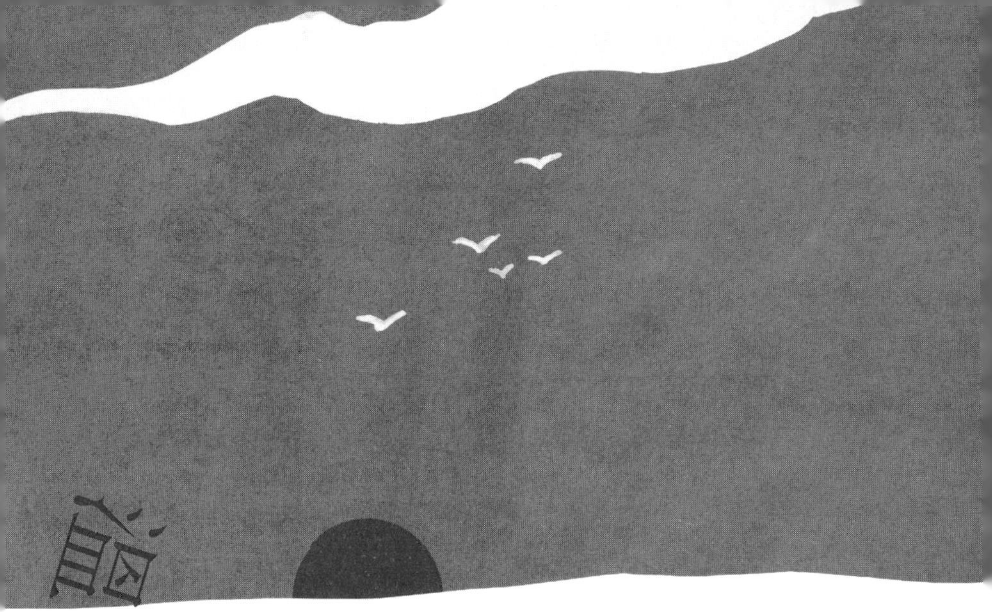

溫泉洗去我們的憂傷

郝譽翔——著

追憶逝水空間

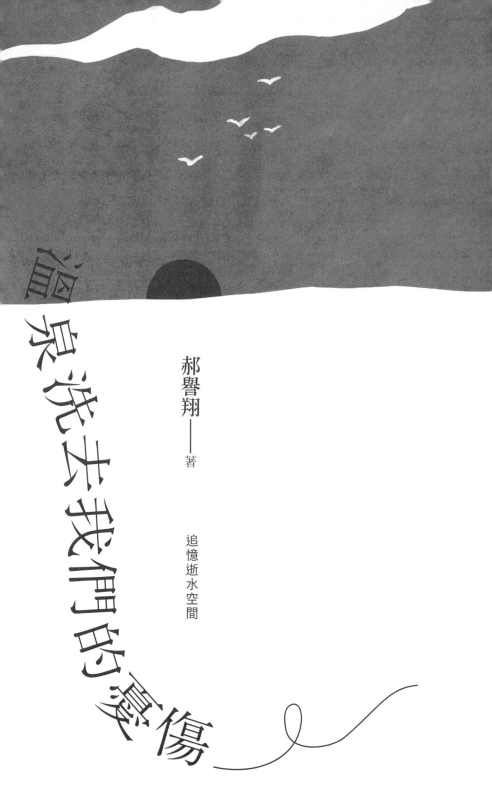

給我的女兒，
在這本書的寫作過程中，
她帶來了新生的契機。

赫赫名家　讚譽推薦

陳芳明 政治大學台文所所長：

這是一部令人傷心欲絕的尋父記。時間一如漸行漸遠的無情父親，是那樣破碎又那樣真實，那樣悲慟又那樣虛幻。

王德威 中央研究院院士、哈佛大學東亞語言及文明系講座教授：

溫泉洗得去她的憂傷麼？

這是郝譽翔最誠懇動人的作品。

向陽

台北教育大學台文所所長：

以細膩深刻的筆，剖析自身成長的生命史，透過小說家的敘事，寫出一個女性的生命經驗，以及家庭、土地的細密紋理。感性之中兼具知性思維，敘事之外又融抒情意境，為當代散文書寫開拓了一條新的敘事路徑，晴光與暗影交織，動人十分。

第二部

晚禱

自序：

追憶逝水空間

我選擇用一種和平而舒緩的語調，去寫一九七五年我們從高雄搬到台北，輾轉遷徙在盆地邊緣的經過，去寫山與海所懷抱的北投，寫關渡平原的朦朧煙雨，寫在公寓中半夜幽然浮現的鬼影，以及一間大雜院似的違章建築……

書早已完成了好久，才終於下定決心要寫這篇序文。

說來有趣，其實我經常寫序的，但都是為了別人而寫，為那些台灣或是陌生的外國作家寫長篇大論的導讀，久而久之，只把它當成一項功課在做，但輪到自己的書時，我卻是百般的不情願了，更不願找別人去寫。寫序是件苦差事，我可不想給朋友添麻煩，而現在流行名家推薦，一本書的書腰上掛了好多名字，叮叮噹噹的，都快分不清作者究竟是誰？我也不愛做這種事。我寧可自己的書以乾淨樸素的面目見人，安靜地躺在書店角落裡，只等待有心的人前來打開。

然而到了這本書，我的心情卻彷彿有些兩樣了。分明已經寫出十二多萬字，卻還有許多話沒交代清楚似的，於是這篇序，便是非寫不可的了，並且在心中輾轉翻騰了許久。夜裡我躺到床上，話語便源源不絕自暗中湧出，如絲纏繞，如繭自縛，又如河水氾濫沒入窗來，而我以棉被蒙住臉，心卻沉落到比黑夜還靜、還深。這究竟要教我從何說起呢？

就從為什麼寫這本書開始吧。

說起來，倒是繞了好大一圈。這些年，我學術研究的主題是中國二、三〇年代作家的文學與生命旅程。我花費許多時間去製作文人如魯迅、茅盾、沈從文、丁玲等人的生平年表：他們在哪一年出生？故鄉在哪兒？父母是誰？家中排行老幾？幾歲離家？上哪兒求學？哪兒工作？又為何總是四處奔波，惶惶不知所以，而套句魯迅的話來說，便是「走異路，逃異地，去尋求別樣的人們」。這些不安的靈魂究竟為何而來？又要因何而去？我跟隨他們的腳步，在近一世紀前的中國地圖上流浪遷徙，一一標誌他們曾經落腳的城市，走過的街道，居住的空間，推敲這些人物彼此的相互關係。而我發現，他們竟然宛如彈珠似的，偶爾在某個瞬間發生了巧妙的碰撞，又會在下一刻彈跳開來，但卻從來都不曾真正地分手遠離。他們總是被一股看不見的、亦無從抗拒的命運萬有引力所牽引。

那引力如同漣漪一般越擴越大，直到把原先不相干的人、事、物全都漸次漩入了它的黑洞：那一神祕而發光的小宇宙，在我腦海中不停歇地環繞運行。

正當埋首於這件看似枯燥、但我卻深為之著迷的學術工作時，有一天，我注視著電腦螢幕，望見上面投影出來的朦朧臉孔，這才忽然想起了我自己，還有我的父母，甚至祖父母們。我的外祖父母來自於澎湖，我的父親來自於山東，他們一是在三〇年代中葉，一是在一九四九年，先後去到台灣高雄，彼此相隔的時間也才不過十餘年而已，嚴格說來，都是這座小島上的新移民，但他們並未就此在一個定點上安居過。流浪，是我家族血液中與生俱來的基因，他們攜家帶眷，在島上由南走到北，而我的成長歲月，也彷彿是在一座座公寓的水泥盒子中穿梭度過。

公寓，是我踏入城市空間的第一步，也是我認識台北的起點，一如二〇年代的沈從文，他從迢遠的湘西入京，第一部小說便命名為《公寓中》，而二十世紀都市的現代性也於此間摩挲成形。

我仔細地在北京地圖上，核對校出沈從文公寓的位置，然而卻把自己曾居住過的地方全拋諸腦後。相較之下，我對於我的家人是多麼冷漠和吝嗇啊，我從來沒有為他們作過生平年表，也從未去追蹤他們移居的腳印，更不要說上圖書館查資料，檢索他們留下來的任何一點蛛絲馬跡了。我對於沈從文的認識，竟要遠遠地超越了自己的祖父，而我屈指一算卻赫然發現，他們是同一個年代的人，只是我家族的逝水年華，如今早已不可追憶。

我不禁啞然了。

於是我決定把寫了八萬字的論文擱到一旁，而開始了這本書。我的家中既沒有顯赫的先祖，沒有開枝散葉的親族，更沒有家傳的日記或族譜，我只能依循不可靠的記憶，獨自鑽進那一條混沌又黯淡的時間隧道，而這一路，臉上披滿了拂之不去的蛛網灰燼，其艱辛的程度，竟比起寫論文還要更多幾分。但這條路既然已經走了，就不容許再回頭，我彷彿化身成為好萊塢電影中穿梭時空的英雄，一心只想要把凝固在時光另一頭的親人們，拯救出來帶回到此時此刻。但可怕的是，當我真正開始書寫之後，我才驚覺，原來在時光的另一頭，根本就沒有任何人需要我拯救，他們早就默默地離開，各自求生去了，而蹲坐在隧道終點黑暗無光深處的，其實只剩下我自己一人而已。

是的，只有我自己。一個從高雄初來乍到台北的、六歲的小女孩，她孤伶伶地蹲在暗中，抱住雙腿埋著臉，她被困在城市的公寓與公寓之間，困在陽明山腳與淡水河蜿蜒的邊緣，她走不出去。就在這本書中，我終於和久違多年的她再次重逢，心中忽然大慟，因為我知道，除了以文字再伴她走一遭之外，我什麼也不能做。

我能夠救得了別人，但救不了從前的自己。她早就如同化石，烙印在我的骨血之中，又如細小的針，沒入肌膚深處，肉眼無法看見，亦無從起出，但只要不經意地輕輕一碰，就會錐心地痛。

於是有了此書，我以文字召喚那徘徊於逝水空間之中的、孤獨的靈魂。寫到結尾，我幾乎是不忍心畫下最後一個句點了。因為這一回，我把自己掏得很深很深，我早已下定決心，當書寫完畢之時，就是永遠的告別，而自今以後，那六歲的小女孩又將沉回於黑暗之中，再也不要接受任何人的呼喚，有如亡魂終於得到了安息，從此落入冥府。

六歲的女孩沉回於牆與牆切割出來的、城市的公寓之中，而那兒總是幽暗無光的：冰冷的磨石子樓梯，窗簾垂落，鮮少點燈的客廳，以及沒有窗戶的潮濕房間，壁紙的邊緣捲翹起來，露出無聲無息爬滿了黑黴的角落。

我就在那些房間中成長，一直到大學畢業，足以離家獨立謀生為止。然而卻沒有一個人知道，我有多麼厭惡那些公寓，就連我的母親也不知道。是誰說過，公寓是一個私密而溫馨的家居？我痛恨教科書上一再複製出來的刻板印象：父親坐在沙發上看報，母親在廚房忙煮飯，爺爺在陽台上澆花。不，我們家沒有這些，從來沒有，而且據我所知很多人，至少曾與我共同分享過同一間公寓屋頂的人們，也全都沒有。

我痛恨總是有人天真地認為，一個「家」理當就應該是這樣，是那樣。然而，我又要如何去駁斥關於家的貧乏想像呢？我甚至連它的定義和範疇都搞不清楚。就在我出生後沒多久，父母便離婚了，而我同母異父的姊姊們，不是逃家，就是寄住在別處。我們家的成員因此總是流動不定的，甚至不曾真正吃過一次團圓的年夜飯。後來，母親為了攢錢，把公寓用木板隔成了許多小房間出租，於是在「家」這個字眼的頂蓋之下，蜂巢似的塞滿了陌生人的小小蝸居。家，從此已四分五裂了。

起初我還是懵懂的，繼之困惑，轉而憤怒，一個孩子的憤怒。我逐漸明白自己原來一生下來，就理該享有的東西：一個家，居然在沒有任何交代的情況下，就被硬生生地拔走了的憤怒，但我的父母對於此，卻竟一點也不在乎。他們沒有時間去想這些。就在從物質到精神上皆極度貧乏的七〇年代，他們其實更在乎的，或許是一些遙遠而虛幻的事物：我的父親追逐浪漫的愛情去了，而我的母親則永遠在為金錢焦慮，那焦慮日夜充斥在公寓的空氣裡，懸浮著，蒸騰著，不斷煎熬所有的孩子們。

那焦慮總讓我感到錢是不潔的，是拋之不去的原罪，是屈辱。

因此在很長的一段時間中，我只想逃開，直到如今才有勇氣回頭，去述說這些，去面對六歲的自己，告訴她：根本不必感到罪惡，也不必憤怒，因為那些都是大人製造出來的假象，不是生命的本質。而如今的我已經長大了，所以終於可以心平氣和地，一起回到生命的初始，去見證這一切發展的脈絡，並且將命運之輪所碾碎的、扭曲變形而不堪卒睹的記憶渣滓，全都小心翼翼地捧在手中。

於是這一次，我選擇用一種和平而舒緩的語調，去寫一九七五年我們從高雄搬到台北，輾轉遷徙在盆地邊緣的經過，去寫山與海所懷抱的北投，寫關渡平原的朦朧煙雨，寫在公寓中半夜幽然浮現的鬼影，以及一間大雜院似的違章建築，用鐵皮搭建出來的狹小廚房，以及從四面八方漂泊而至的房客們，異鄉人，也寫八〇年代初期大業路開通，就在北投後火車站天蒼野茫的草地中間，新闢出來一大片四層樓住宅，母親開設的小撞球店，還有我們住的一座ㄇ字形社區。我至今仍然清楚記得，十七歲的我經常獨自站在陽台，對著底下空無一人的廣場發楞，而不知哪家豢養的八哥鳥，總愛一直呼喚我的名字，譽翔譽翔，彷彿是落葉片片飄在廣場的正中央，寂靜而冷。我趴在欄杆往下看去，那ㄇ字形活像是埋葬青春的一座墳。

想來也是荒謬，我們如此平凡的老百姓，家族故事卻擁有通俗劇所必備的一切元素：流亡、招贅、情殺、守寡、遺腹子、離婚、外遇、私奔、逃家……，一波接一波的衝突高潮不斷。但我卻還一直抱著模糊的幻想，以為我們也會像通俗劇一樣，有個以和解收場的大團圓結尾。我甚至可以看見那幅悲喜交織的畫面了，全家人抱在一起，把頭靠在對方的肩膀上，流著淚說：從現在起，我已經徹底地原諒你了，就讓我們把一切的不快樂，全都留給過去吧。

但這一天遲遲沒有來。

在真實的人生中，矛盾不但沒有獲得解決，反倒是只會引出另外一個矛盾，而死結不斷地打下去，越打越緊，越多。然而我不死心，還在幻想著我們這齣戲的結尾，究竟是誰會大發慈悲？是誰被原諒？又是誰有幸拿到了那一支赦免的權杖？

而結局卻始終沒有來。就在二〇〇五年中秋節那一天，我的父親選擇以自殺的方式，為他的人生劃下了突兀的句點。我這才惶恐地發現，一切都已經來不及了，父親的驟然離席，使得故事情節再也不可逆轉，而我一點心理準備都沒有。一齣團圓的戲碼，在舞台上只演到了一半，便戛然中斷。

太遲了。父親永遠不會回來了。六歲的小女孩卻還蹲坐在公寓的角落中，抱住雙腿埋著臉，靜靜地等待。她還不知道，自己將注定要永永遠遠地，被定格在這樣一個空缺的狀態。

父親是自殺的。如今我終於可以寫下這句話，相信這一切都是真的。是的，對他而言，生命是瀟灑地結束了，但我沒有，他自顧自地往前走，卻把我留在原地，演一場沒有對手的獨角戲。黑暗中，一只聚光燈孤伶伶打下來，打在我小丑似的臉上，哭笑不得。

時間從此豎立起一道透明的牆，就在二〇〇五年中秋節的那一天，任憑我撞破了頭，也回不去。但我從來沒有想過他是再也不願意活了。他暗示過的，法院寄了封公文來，說別人用他的醫師執照詐領十倍的健保費。他告訴我，我卻沒把它當一回事。我以為很簡單，要不就繳罰鍰，要不就打一場官司。我主張後者，應該要把幕後的罪魁禍首揪出來。但我從沒想過父親對於國家機器的恐懼，我不懂他，我卻一直以為我懂。

我以為他只是厭倦了自己新娶的越南女孩，我以為他只是在為自己的善變找藉口。結果不是，他是真的不想活了，計畫了兩個月之久，結果罰鍰也繳給健保局了，但他還是要用死來討回公道，證明自己身上那一件醫師袍的清白。這是他唯一的辦法，他只有自己的生命可以做籌碼。我對他的計畫渾然不知。但越南女孩知道，她和父親根本語言不通，父親卻什麼話都願意對她講。

神仙一般的女孩，父親這麼形容她。他把她送回越南老家，然後在中秋節的早上，獨自一人從河內回到台北三峽的租屋處，才死。他要越南女孩打電話通知我，叫我去看他，還說他最愛的人是我。

這是他留給我的最後一句話。

其實早在十年前，我便在小說《逆旅》的結尾〈晚禱〉中，用如歌的語法寫下這些句子：「父親說妳是我的女兒嗎我可不可以抱抱妳，跳隻最後的舞給我看吧倒杯已涼的茶給我喝，直到死時，我才終於知道原來我愛妳。」彷彿是一語成讖似的，我竟預言了他生平第一次，也是最後一次對我說的話。

但父親不親自說，他要越南女孩轉達，因為他開不了口。他對我總是沉默。所以我應該相信這三個字嗎？愛來得太突然，所以他是真心的呢？還只是在哄我去處理他的後事？他沒有留下答案。我不甘心，只能自己去找。他生命中最後的秘密在越南。於是就在三年後的農曆年除夕，我來到了河內，坐在古老又狹小的火車站候車室中，一張父親或許坐過的長條木椅上，等待著一列他在人生的最後一夜曾經搭過的火車。我要循著鐵軌到北越山區，一直到靠近中國的邊界，去找他曾經走過的一條彎彎曲曲的山路，而那條路通往一棟門片刷著藍漆的小木屋，越南女孩的家。

但我沒有找到，我當然找不到。我只知道大概的方位，連地址都沒有。

那是我一生中最淒涼的一次旅行了。天氣說不出的寒冷，從早到晚下著綿綿細雨，冷得人牙齦發疼，而冬天山間的梯田長不出作物，到處都是黃褐色的泥濘，一踩下去就浸透了整雙鞋子。我茫然地站在山谷中，純白的大霧不斷冉冉升起，彷彿刻意要把這世界的真面目全都遮蔽，我忽然感到這是父親對我的懲罰，懲罰我為什麼三年過去了，卻對他的死還不肯放手？灰色的雲層壓得極低，一陣風來，把我裹在雨霧之中，就在那一刻我掩面淚下，我醒悟到，原來不論是死者或生者，都早就應該得到自由。

於是有了此書。

山中大霧朝我瀰漫而來，彷彿把我帶回我的成長之地北投，同樣是憂鬱的山嵐，溫泉、雨和霧，往事如水汩汩地流淌，流成了文字之河，淡水河，新店溪，沿著台北城的邊緣流過，引領我進行一趟大旅行，一趟生命中時間最久、旅途最長的旅行，將我從小到大所經歷的空間又重新走過一回。在旅途上，我又將與逝去的親人，以及那些我識與不識的、曾經短暫共同居住在同一個屋簷下的人們重逢。他們是在時空之中不停流浪的奧德賽。

我也彷彿又搭上了小時候常坐的、往來於高雄和台北之間的平快夜車，彷彿又看到了那個六歲的小女孩，夜深了卻還不肯睡，她趴在車窗玻璃上，好奇地辨認燈光下月台站牌的每一個字，她伸出手，撫摸車窗上惶惶的倒影，而那玻璃冰冷且奇異的觸覺，至今還一直停留在我的指尖。然後我也彷彿看見了黎明時分，小女孩跟隨大人從車廂走出，踏上台北的月台，踏上陰雨連綿濕漉漉的小巷弄，踏上沒有點燈的公寓樓梯間。

而那些公寓彷彿從來沒有新過。打從一有人搬進之後，它們就無可挽回地老去了。它們老在人的氣味裡，老在人的愛恨裡，也老在一個孩子的目光裡。它們老在我這一本書的文字裡——用廢墟組成的小宇宙。

然而奇妙的是，就在寫這樣一本關於死亡與告別之書時，我的身體裡卻悄悄地出現了一個新的生命。我的女兒，從我的子宮中孕育而出。當第一次在醫院透過超音波，聽到她的心跳聲音咚咚傳來時，我簡直激動到說不出話，不敢相信我的體內竟然埋藏了如此頑強的、生之種子和根芽。於是從死亡中孵化出新生，就在這本書的寫作過程中成形，白天與黑夜不停地交替循環下去，黎明繼之晚禱，黑夜中曙光漸露，而生命永不止息。

我不是一直在幻想我們家族故事的結局嗎？原來，這就是答案，上帝所賜給我的美好結局：一個純淨無瑕的新生命。

於是這篇序寫到這裡，也總算可以結束了。最後，我特別要感謝的是朱西甯老師，十多年前我接到他一封信，要將我收入他編撰的《山東人在台灣》一書，而我是其中最年輕的一位。當時的我還在讀博士班，剛發表了些不成熟的作品，非常感激朱老師慷慨將我列入書內，還在信中鼓勵我，我只遺憾沒有機會親自向他道謝。後來，我父親不知從哪兒得到這本書，發現我的名字，半是驚詫，半是驕傲，只要遇到同鄉的人就忍不住要拿出來炫耀。我難得能讓父親這麼開心，因為山東人這身分是他給予我的，一如澎湖人、高雄人這身分，是母親給予我的一樣，而我願意將它們永遠別在自己的身上，並且告訴給女兒知道，我們家族來自的地方。

郝譽翔

民國一百年一月

第一部

黎明

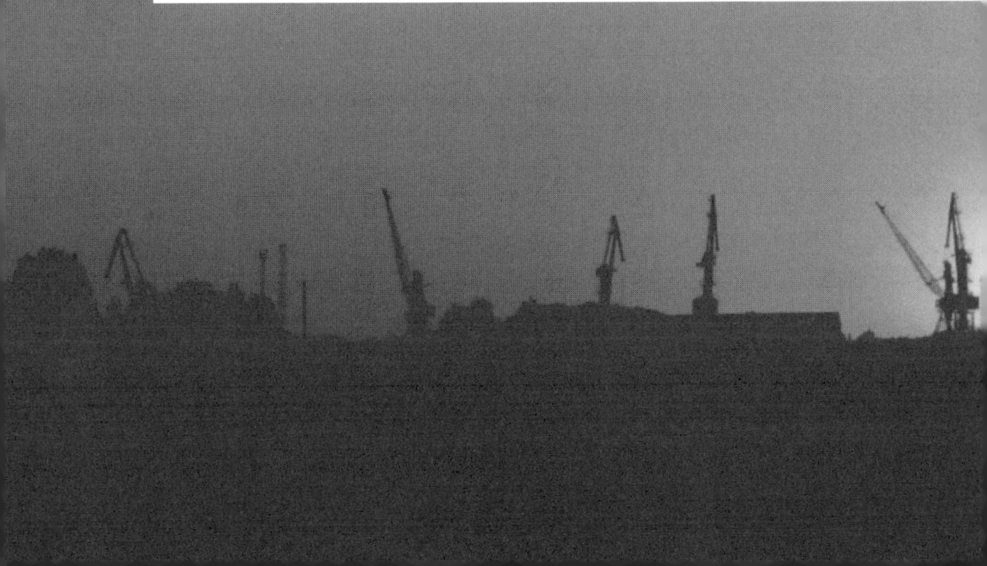

序曲
消失的屋頂

阿列夫之於空間，一如永恆之於時間。在永恆中，一切時間，包括過去、現在和未來，都同時並存。在阿列夫中，整個空間宇宙都可以在一個不足一吋大的閃亮小球裡發現。……就在那個偉大的瞬間，我看到百萬種令人與奮與害怕的活動，但最讓人驚奇的是它們竟同時存在於空間中的一點，既沒有重疊，又不是透明。我的眼睛看到的是同時並存的景象，但我寫下來的只能是依序相繼，因為語言就是依序相繼的。即使如此，我將盡我所能回憶。

——波赫斯〈阿列夫〉

我出生在寅時。子丑寅卯。凌晨三點到五點。

如今的我，不知為何也經常在這個時刻醒來，忽然間就睡意全無。我躺在枕上，睜開雙眼，望著灰濛濛天光從窗簾的縫隙依稀流入，流到我的指尖。就在這一個光明與黑暗交相滲透的曖昧時刻，四周悄然無聲，生存這一件事卻變得非常不可靠起來。我果真還活著嗎？而此刻躺在此處的軀體又歸屬於誰？魔幻的光影撲朔迷離，從天空中一點一滴篩漏而下，但接下來究竟會是白天呢？還是黑夜？我努力想要讓自己再次地睡去，卻發現時間變得漫長到格外難捱，床頭的鬧鐘傳來分針與秒針規律競走的滴答聲響，是的，漫長得就像生與死的距離一樣，而我正懸浮在這兩端的正中央，微微顫慄的繩索宛如一道電流穿過我的心臟，莫名的悲哀倏忽淹沒了我。或者應該說，是生命本身的重量震懾了我，它壓住了我，就在這個眾人皆睡而我獨醒的時刻，壓得我如此之深之沉，讓我寧可自己就從來沒有降臨到這個人世間過。

於是我又彷彿看見了四十年前的那一個早上，同樣是在寅時，三點到五點，季節是秋末，空氣清潔冰冷，為所有的事物抹上了一股不真實的藍光。落葉無聲鋪滿一條大街，街上卻悄無行人，而醫院就座落在街的盡頭，在一天之中，再也沒有一個時候比這更加安靜的了，夜裡送來急診的病人早就被安置妥當，躺在床上一邊打著點滴，一邊沉沉地入睡，而值班的醫生和護士在忙了一整夜後，也全都累到趴在桌上小寐，負責接生的主治醫師才剛從家中溫暖的被窩爬出來，在趕往醫院的半路上，但我卻已經迫不及待要探出頭來了。

我的母親發抖著，打開她細瘦的雙腿，痛苦哀嚎了一整夜後，她的聲音變得沙啞又淒厲，彷彿是在為自己，也為這個不懂事的、固執非要來到這世上不可的小生命而哭。她阻止不了，只能不停地哭。就在這一剎那，我的父親卻推開護士，他捲起袖子，彎下腰，伸出一雙手，決定自己親自迎接我的到來。

我的父親是一位退伍的軍醫，山東平度人。

一九四九年，他以流亡學生的身分跟隨煙台聯中來到了台灣。那是一支由將近萬名師生組成的浩大隊伍，在校長和老師的帶領下，從青島一路搭火車蜿蜒南下，走走停停，經過了湖南、上海、杭州、廣州，然後改搭輪船渡過黑水溝，來到了澎湖的漁翁島。

漁翁島是一座貧瘠又荒涼的小島，光禿禿的地表，終年被東北季風無情地吹刮。這一群學生想再轉往台灣念書，卻被當時的澎湖防衛司令就地強制編成軍隊，打算遣返回大陸的戰場，而當下如果有不肯服從的，就被冠上匪諜的名義，拉出去槍斃，要不就是在夜裡憑空消失，據說是睡到半夜，就被從床上莫名拖起，用布袋套頭捆綁，無聲無息地投入了茫茫的大海。這是戰後台灣第一樁、也是牽連人數最多的白色恐怖事件。我的父親也被編了兵，在澎湖的烈日下每天拿槍操練，直到有一天，他趁著被派去馬公採買伙食的機會，悄悄地從船上跳下來，頭也不回地跑了。

在澎湖的炎陽照耀下，石板街道滾燙得發出刺眼光芒，他跑去找舅爺。舅爺是警察，奇怪的是，不知是被窮困所迫還是別無出路，平度人當警察的似乎特別多，也隨國民黨政府來到了澎湖，正駐紮在馬公。舅爺幫父親弄到一張身分證。證件的主人恰好和父親同姓，也是一路從山東逃亡到這兒的外省人，卻不幸得到急病死了，孤家寡人一個，便隨地草草埋葬掉，而我父親頂替了他的證件，從此以後，便以這個人的身分繼續活了下去。在身分證上，除了姓氏仍然沒有改變，代表他還不能忘本之外，其餘登錄的資料全都不是他的，所以一直到父親過世時，我們都還不知道他真正的年齡。而他也始終不肯講，就怕自己會顯得老。

拿著這一張頂替來的身分證，父親搭船去到台灣，本來想考大學，卻錯過了時間，只剩下國防醫專還在招生，他希里糊塗地跑去報考，就在戰時一切皆為速成的訓練之下，兩年後，他就穿上了白色的海軍制服，成為一名軍醫。當我出生時，他早以左營海軍上尉的身分退伍，改在高雄的建功街上開了一間小兒科診所。

就在一個分不清楚究竟是白日、或是黑夜的凌晨，在高雄的鐵路醫院，父親從母親的身上迎接了一個新的生命。但我猜想，在那一刻他心中並沒有太大的喜悅，因為他已經愛上了自己診所的護士，一個正值青春年紀的原住民女孩，來自於台灣東部的好山好水，有著一雙靈活清亮的大眼，頭髮綁成一條粗黑的長辮，垂在她豐滿的胸脯前。父親早就暗自有了和母親離婚的念頭，而這件事情在我誕生的幾個月之後，終於成真。從此，他便從我的生命中遁走，沿著另外一條鐵軌通向我再也無法介入的人生，而他越走越遠，越走越遠，鐵軌不斷向地平線唰唰地延伸過去，分歧、交叉又復渙散開來，直到在天邊消失成一個我再也無法辨識的，陌生的小小黑點。

這個時候我的母親躺在產檯上，生產過程的漫長痛苦，讓她虛脫到開不了口，全身上下冷汗涔涔。她偏過臉來，漠然地看了我一眼，也沒有太大的喜悅。後來她還告訴我，就在那一刻她的心都涼了，因為我又是一個女孩。這是母親的第四胎，前面三個全是女兒，她或許寄望如果我是一個男孩，可以讓父親回心轉意也說不定。對於未來，她充滿了不確定的恐慌感，要遠遠大過於對一個新生命的期盼。這已經是我母親的第二段婚姻了。她清楚地明白，自己再也承受不了又一次的失敗。

她的第一段婚姻是發生在二十歲時，剛從女師專畢業的那一年。

我曾經看過母親那時的照片，頭髮剪得齊耳根短，還來不及留長，臉龐保有青春時期所遺留下來的豐潤和肥滿，而不像中年以後的她，變得那麼的扁平瘦削。她的眉毛按照當時流行的樣式，畫得又粗又彎，嘴唇微嘟著往上翹，塗滿了鮮紅的唇膏。那是一張還沒有經歷過任何風霜，所以才能夠保存得如此完整又純粹的臉，一張沒有欠缺、沒有遺憾、沒有扭曲的臉，就像是一朵在清晨獨自怡然盛開的白色花蕊，讓人不忍心把它採摘。然而，那一張臉卻在我出生之前，就已經悄悄地消失掉了。消失得一乾二淨，就連同躲藏在臉孔後面的愛、夢想與天真，也都一併消失掉了。以至於她們日後看起來，就像是兩個擁有截然不同身世的女人：她們彼此之間毫無關係，也互不相識。

母親的第一段婚姻是招贅的。

我的外公是澎湖人。日本時代他從馬公搭船來到高雄，在哈瑪星港口上岸，落腳打拚生計。據說，他起初跟著兄長，在南部一帶包攬營造工程，收入還算不錯，但也因此染上家族的惡習，錢一到手，就相約到酒家吃喝玩樂殆盡，甚至染上了難治的隱疾。關於這一段母親總說得曖昧，緊蹙的眉尖流露出極度的厭惡不屑，警告我們要遠離外祖父碰觸過的一切事物，譬如餐具器皿，尤其是馬桶。也因此，原本身體就很孱弱的外婆更患了嚴重的潔癖，很早就與外公分房，在生下兩個女兒之後，便再也沒有任何子息。母親是長女，外公堅持要為她招贅。根據母親的回憶，那個年代只有從大陸漂泊來台灣的外省人，無羈無絆又沒有家累，才願意入贅到本省人家。於是透過媒人的介紹，母親嫁給了一個從福建來的警察A，一直到晚年，母親都還認定是招贅的婚姻害慘了她。不過，當初她嫁給A，也未嘗不是出於自願。A長得非常帥氣，身材高，口才好，又很會跳探戈，在每年警界的聯歡晚會上，都是出盡了鋒頭的焦點人物。即使數十年過去了，A的照片也都還一直保留在我們的家庭相簿裡，被默默地收藏在櫥櫃的角落，就像是一段雖已塵封但仍舊不忍割捨的少女舊夢，即使其中充滿了不切實際的浪漫懷想，以及深入皮膚肌理再也無從起出的難堪回憶。和A結婚的第一年後，母親便生了大姊，過了一年，又懷上二姊，但這時A卻因為一樁曖昧的緋聞，被同事T槍殺了。

T也是一個從大陸渡海來台的外省人。

奇怪的是，為什麼總是外省人如同被神遺棄詛咒的流亡一族，化成幽暗鬼魅，始終纏繞著我們的家族記憶不去？T的年紀要比A大上許多，出身背景我們並不清楚，只知道也娶了一個本省的女人。那女人沒讀過什麼書，長相也算普通，但個性卻十分活潑，朋友也多，經常拉A加入她們的聚會。不知是否T不諳閩南語，語言不通的緣故，他開始懷疑自己的妻子出軌，和A私底下有了不倫的戀情。但這一切也只是猜測而已，直到今天沒有人知道事實的真相。真相早已被埋葬在幾顆冰冷的子彈下。

事情是發生在一個春天的早上，時間還不到中午，陽光既和煦又溫暖，靜靜地曬在高雄的大馬路上。在一九五〇年代末期，台灣街頭還沒有幾輛汽車，只有三輪車和腳踏車緩緩駛過去，揚起了一陣陣令人愉快的微風。A是鐵路警察，在高雄火車站工作。火車站是一九四一年日本人建造的，在當時看來，應該還算是一座相當新穎前衛的地標性建築，多層次的氣派屋頂，大膽融合了西方古典主義和東方帝冠式的風格。就在上午將近十一點左右，A的身影便從那一座巨大的屋簷底下出現了，他剛剛換下警察的制服，把腰間的佩槍交給前來接班的同事T。而從高處俯瞰的角度，我們看不見A的臉孔，但是他身上穿著一件好看的白色襯衫，薄薄的西裝長褲，走路時挺直的背影，充滿了春日的希望和朝氣，而這幅畫面看起來是如此的自然詳和，絕對不可能引起任何人的懷疑。

A悠閒地走過了火車站前的大街。

然後他向右轉，沿著高雄中學的圍牆一直往前走，走過了高大油綠的馬拉巴栗，走過了小葉欖仁傘狀的樹影，細小鮮翠的葉子在頭頂上方閃爍著，讓A想起了自己才剛滿一歲的女兒，那雙總是喜歡伸向空中的粉嫩小手，以及妻子肚子裡正在孕育的新生命，他不禁開心地吹起了口哨。他一直是那麼喜歡音樂和跳舞的人，就連走在馬路上，都彷佛聽見空氣中流動著無聲的歡樂節奏，於是他輕巧地踏起步來，穿過牆邊一條無人的巷子，巷裡栽種著幾棵茂盛的芒果樹和椰子樹，樹下是木造的日式屋舍，一間間整齊地排列過去，頂上一律覆蓋著黑瓦。A似乎看到瓦上睡著一隻潔白的貓，在沉靜的陽光下發出不可思議的神祕光芒，若是在平時，這一點小小的細節決不會引起他的注意，但是那一天，或許春日太過美好了，喚起了他對所有事物的好奇和愛憐，於是A不禁放慢了腳步，瞇起眼，就在那一瞬間，他忽然聽到身後響起一陣急促的皮鞋聲，啪答啪答的，正在大跨步朝他奔跑過來。他正感到奇怪卻還來不及回頭的時候，兩聲巨大的槍響已經劃破了空氣。他的同事T用他剛才交接的那一把槍，殺了他。

A倒臥在大街上，原本空中流動著的、無聲的歡樂節奏，此刻變得具體而且無比清晰了，原來那是他心臟在噗通地跳動，血管破裂時所發出嗤嗤的聲響，讓他想起了有一回買給女兒的紅氣球，在洩氣時，也是發出類似的聲音，一想到這兒，就彷佛有無數的紅氣球撲天蓋地朝他飄過來，紛紛地落在他白色的襯衫上，啪地爆裂，溢出了大灘大灘的紅色血泊，在白日下格外的鮮豔。而那雙原本在後方奔跑的皮鞋，也終於來到A的眼前，但他已經沒有力氣抬頭去看了，皮鞋的主人究竟是誰？那雙皮鞋只停了幾秒鐘，便又趴答趴答地，一路跑遠了。

T站在A的面前，喘著氣，卻來不及彎下腰去查看，因為他還有更重要的事必須完成。他停了幾秒，便繼續沿著馬路一直往前跑，跑到三民街自己的住處，一座磚砌的簡陋矮小平房，他的妻子坐在門口餵小孩吃稀飯，一不小心把湯匙掉在地上，所以轉身走進屋子裡去換，就在這命運的一瞬之間，T已經來到了家門口。T首先看見坐在學步車裡一歲多的兒子，四下張望，卻找不到妻子的身影。但他沒有時間再猶豫了，他已經驚動了路人。他聽到背後遠遠傳來一陣陣的騷動和叫喊，不知道他們究竟在喊些什麼？仔細一聽，卻又什麼都沒有，周圍靜悄悄得嚇人，他只能聽見自己巨大的呼吸聲，在胸腔內劇烈地上下起伏。春日飄浮在空中無所不在的花粉，此刻香得令人幾要窒息，於是T絕望地舉起槍來，用剩下的子彈殺了自己的兒子，然後自殺。子彈準確地貫穿了他的太陽穴。

而這一切只在短短的幾分鐘之內發生，沒有人來得及阻止，太陽在天空中依然溫柔地照耀著，而火車也依然在一條深黑色的鐵軌上，來來回回地倉皇奔跑。就在那一個表面上看起來寧靜而無所事事的、春日的上午。

A過世了，情殺的消息登上報紙頭條。在保守壓抑的五〇年代末尾，我的母親不顧周遭人的異樣眼光和竊竊私語，半年後生下我的二姊，繼續留在原來的小學教書，放學後，就拚命給學生補習，用賺錢來遺忘悲傷，填補生活的空檔。從此以後，賺錢成了她一輩子根深柢固的惡習，解憂忘愁的萬靈藥，而除了這一件事以外，她似乎什麼也學不會。

一直到事隔八年之久，她才又在親戚的介紹下，認識了我的父親。根據身分證上的記載，那時我的父親已經四十歲了，但恐怕實際的年齡還要更老許多。婚後的第一年，母親生下我三姊，隔一年，又懷了我。懷孕就像是一帖揮之不去的魔咒，永恆輪迴的噩夢，當她挺著大肚子，察覺到我父親和護士之間有了異狀後，她陷入很大的恐慌。上一次婚姻留下來兩個女兒，已經太多，而這一次，居然又要再多添兩個？所以她不能再放任事情這樣發展下去了。她的恐懼和不安，也傳染到我兩個已念國中的、同母異父的姊姊身上，她們因此被送到我阿姨家中去住，遠離這一座屋簷底下正在醞釀的躁動和不安，而我的母親則選擇留下來，努力挽救這一段如今看來已是岌岌可危的婚姻。

正因如此，在我童年的記憶裡，大姊二姊的影像總是時斷、時續的，她們會忽然在某一個時刻出現，坐在家中的椅子上，俯下身來，伸出手指來逗弄著我，臉孔蒼白但是五官卻很模糊。有時她們卻又會忽然遠去，有如一陣來去不定的飄渺煙霧，留下甜甜的少女氣味包覆在屋內的每一件事物上。但這一切又似乎只是出於我的恍惚錯覺罷了，因為我揉揉雙眼，再定神一看時，只見到眼前一屋子空蕩的家具，細微的粉塵定定懸浮在南台灣的陽光之中，而它們是如此的自在安靜，不受打擾，彷彿這裡從來都沒有任何人出現過。

當我的母親躺在產檯上，看著我初生的臉孔，她的內心或許充滿了矛盾和絕望，也或許，她就和這個特殊的時辰一樣，陷入了一種不知接下來究竟會是白天？還是黑夜的迷惘？或許她會安慰自己，否極接著就是泰來，命運不可能如此殘酷，再一次向她開了惡意的玩笑。但事實不然，它證明了：沒有人可以抵抗地球的轉動，世界早就按照它既定好的軌道運行，所以事件的發展也絕對不可能逆轉。為了表示離婚的決心，向來急性子的父親，竟採取一種非常激烈又突兀的手段來結束這段關係。他跑去母親任教的小學，當著許多孩子的面前，把她從教室的講檯上拉下來，拉出校門，拉過大街，一直拉到法院去宣告仳離。

而這就是我們在高雄的生活，看似由傷痕累累的記憶一點一滴堆疊而成，但幸運的是，關於這一切，年幼的我卻是一無所知。反倒在我腦海留下來的印象，全都是一幕幕美好閒適的田園牧歌。我還記得每天早晨賣豆花的老人，挑著扁擔，吆喝著經過門前，我們就趕緊握著銅板和碗出去買。老人的吆喝聲悠遠蒼涼，不像在叫賣，反倒更像是在發出一聲又一聲的長嘆。還有端午節快到了，我坐在廚房的小板凳上，看著外婆綁粽子，她的手藝又快又好，沒多久，就綁了一串串油亮肥胖的深綠色粽子，然後拎起來，放到燒滾了水的大爐灶中去煮，煮得整間房子都是濃濃的粽香。外婆也擅長養雞、養鴨，傍晚時分，火紅的晚霞落了滿天，我跟隨她拿著竹竿網子，走過長長的田埂，到池塘邊去撈浮萍餵鴨子，或是坐在小小的後院，看她殺雞，耐心地用夾子一根根拔去雞皮上的羽毛。外婆總是一邊拔毛，一邊說故事給我聽。她指著落在天邊的半屏山給我看，要我猜為什麼山頭不見了，只剩下一半呢？我搖搖頭。她說是因為有一個好心的仙人下凡，把山剷了，搓圓子去賣幫助窮人的緣故。

被外婆一說，那遠方墨綠的山巒和近處青翠的田野，也變得恍然有靈了，在風的吹拂之下，蕩漾起悠悠的波光。在一個孩子的眼中看來，被這日常所包圍的生活自然而然，也實在沒有什麼可以感到缺憾了，只除了外公見到我們姊妹時，偶爾會輕輕地咒罵兩句，說我們全是外省人，是外省人留下來的孽種之外。

是的，外省人。他們指著我們四姊妹說。

因為母親生的都是女孩，兩次招贅成了可笑的徒然，甚至是對於男丁貪念的懲罰，而四個姊妹也全都跟了外省父親的姓，沒有一個延續外祖父的，因為沒有那個必要。於是一個奇怪又稀少的外省姓氏，戴在我的頭頂上，一看就知道不是出自於本地的，而是可疑的外來者。

外來者。流浪漢。逃亡之人。履歷不明。頂著一張冒名的身分證，不安不羈的荒唐靈魂。我背負著父親的姓氏，就像是背負著一樁樁不可洗滌的原罪：不負責任、墮落、反覆無常、暴力、壞脾氣，隱藏在遺傳血液之中的性格，從我牙牙學語時便可以見出端倪，都再再讓人聯想到了我的父親。而他們對著我，指證歷歷地說：這是外省人留下來的孽種。

就在如願離婚之後，父親卻沒有立刻和那位原住民小護士結婚，不知為了何種細故，他們吵架分手了，這或許燃起一些些父母復合的希望。在我三歲時，母親又帶著三姊和我，搬回父親的診所去住了三個多月。如今我還清楚地記得，父親騎著一輛偉士牌摩托車，雪白的，每天都擦得閃閃發光，黃昏時分，他就載我們全家人去澄清湖兜風，騎在大街上非常的招搖。我對澄清湖之所以一直保有美好的印象，也全是源於那一段家人團聚的短暫時光。

但短暫的團聚，卻反而更印證了父母之間再也無法彌補的裂痕。這一回，父親又愛上了診所新來的護士。那護士的皮膚又薄又白，薄到青色血管幾乎隱約可見，是一個比水還要剔透的女孩。她最喜歡趴在掛號處後面的小木桌上，埋頭畫洋娃娃，每一個都有水汪汪的大眼睛和長長的捲髮，頭上繫著斗大的蝴蝶結。我和姊姊年紀小，總是纏著她畫娃娃，畫了一張又一張，畫好了，她就拿去貼在診所的牆壁上，貼得到處都是，一雙雙不成比例的大眼，夢幻又帶了點莫名的憂傷，充塞在診所的每一吋空間，上上下下不定飄浮著，直盯著來回過往的人瞧。私底下，母親不禁埋怨起來，半夜上廁所，猛然一下撞見牆上人影幢幢的，還真是有點毛骨悚然哩。但父親卻笑瞇瞇地也不阻止，反倒還稱讚護士說，她畫的娃娃簡直就和她本人長得一模一樣。

於是就在三個月後，某個深夜，父母爆發了激烈的口角，父親勃然大怒，把母親從床上揪起，一把抓住她的頭髮，抄起地上的拖鞋劈頭就是一頓狠狠的痛打，任憑我和姊姊跪在地上大聲哭喊求饒都沒有用。母親渾身是傷，再也沒臉待下去了。她終於帶著一雙女兒黯然地搬離診所，只留下了父親、護士，和那一屋子數也數不清的洋娃娃。

我們搬出診所，換了好幾個住處，我也換了好幾個幼稚園，從此我對家庭不復有完整的記憶。那裡面的成員總是流動不定，一下子有父親，一下有外公外婆，一下子有阿姨，一下子大姊二姊又不知從何處幽幽地冒出，不同的臉孔在不同空間中時隱時現，如同走馬燈一般掠過我童年的風景。而那是我最初的小宇宙，混沌未開，一切事物都失了先後的理路和秩序，全被壓縮凝煉入一個小圓球之中，同時並存重疊交織，卻又朝外散渙分離，而當我想要再追回之時，也只剩下一幅幅不連貫的蒙太奇。

而首先浮現在腦海的第一幅畫面，便是大統百貨頂樓，一座屬於孩子們的遊樂場。我們站在擁擠的人群中，伸長了脖子仰望城堡的鐘樓。當秒針一點一滴逼近整點時，我的心臟就像一顆被掐緊的氣球，興奮地快要爆裂開來。整點了，一陣輕快的音樂響起，城堡大門啪地打開，白雪公主和七矮人魚貫地從門後面走出來，在人群上方開始快樂地跳起舞來，空氣中一時間似乎灑滿了神聖的金光，繽紛的花雨，依依落在我仰望的臉龐上。我著迷地看著這幅畫面，看美麗的童話帶著屋頂上的人群騰騰地往天空飛升，飛離了這一座灰撲撲的城市。

然後記憶的蒙太奇跳到下一幅畫面，也是在屋頂上，那是我位在大連街的家。一直到很久以後，我才知道那原來是一條高雄有名的皮鞋街，如今它卻和人一樣，走過了興盛和衰落，也隨著時光悠悠地老了。但在我的記憶中，它卻還是樸實清純的年輕模樣，兩排低矮的透天厝終日安靜得不得了。

有一天我放學回家，忽然見到屋內床上躺著個短髮的女孩，母親說，那是大姊回來了。我怯怯地走近，她推開棉被坐直身子，掀起紋帳的一角，對著我微笑。我沒有開口喚她，因為我開不了口，大姊二字太過陌生，而她也沒有說什麼，只是安靜地笑。她的嘴唇弧線特別鮮明好看，聽人家說那是菱角嘴，注定一輩子能言善道。但她卻始終沉默著不說話，背窗而坐，迷濛的微光，打在她裙子下一雙少女特有的、滑順而赤裸的小腿上。

其實那時我更感到親近的，不是姊姊，而是一位住在隔壁的小女孩。她和我同年，讀同一個國小，同一班。她家中確實是開皮鞋店的沒有錯，或許還是這一條大連街上賣皮鞋的先驅者。女孩的身上總散發出一股濃濃的皮革味，就連頭髮、眼睛和皮膚的顏色也像皮革一般的黝黑。放學後，我們兩人經常結伴一起回家，大老遠就看見她父親站在店門口，高大的身影如同是一座小山，而山的陰影就落在櫥窗內一雙雙排列工整的皮鞋上。

我們走到門口就道再見，各自回家。過沒多久，女孩就會翻過樓上屋頂相連之間的一道小矮牆，來到了我家，趴在漆黑的樓梯口，朝底下大聲喊我的名字。我一聽見，便蹬蹬地往上面跑，仰著頭，看見她的臉龐從樓梯的盡頭探出來，背著天光，但她的身後卻是一方明朗得不得了的藍天，充滿了耀眼的陽光。我一口氣跑到屋頂，上面風大，吹得我們兩人的短裙嘩啦啦地作響。而屋頂上除了一座水塔之外，其餘的空間全是我們的，我們玩跳格子，玩扮家家酒，兩個人都爭著要當媽媽，就是沒有人想要當爸爸。因為當爸爸太無聊了，除了坐在椅子上喝茶、看報以外，什麼事也沒有，但當媽媽卻好玩多了，可以化妝、煮菜、掃地、洗衣服、照顧娃娃。我們對於父親的角色實在是缺乏想像。

我好像從來不覺得，這缺乏想像是一種痛苦，更沒有察覺到，那是因為在屋頂下的我的家，只有母親而沒有父親的緣故，所以我無法想像父親到底在家中會做些什麼？而鄰居的女孩也不能，因為她的父親總是坐在皮鞋店門口，就像是一座沉默而嚴峻的山。我們的年紀還太小，並不能意識到生活中所隱匿不見的缺憾，只是趁著放學的午後，在屋頂上快樂地嬉戲和奔跑，而放眼望去，四周圍沒有高大的建築物來破壞天際線，所以地球還是渾圓且完整的，我們在上面跑著、跑著，不禁幻想起自己是一只隨風遠逝的風箏，把整座大高雄全都踩在自己的腳下。

而在這些畫面之中，卻又沒頭沒尾地插入了另外一幅。那是大姊站在屋頂上，靠著矮牆，一遍遍吹起口哨，彷彿是她回來了，所以我特地帶她上樓，去探訪我的祕密基地。我站在她身旁踮起腳尖，拉住她的手臂，也拚命噘起嘴來模仿，但總吹不成曲調，只能發出滑稽的噓噓聲。於是大姊被我逗得哈哈大笑起來，屋頂上風大，吹亂了她一頭青春的短髮，她抱著肚子，笑彎了腰。我好像從來沒有看見她笑得如此開心過。傍晚時分，我們並肩站在屋頂的牆邊，甚至可以看見母親下班回家的身影，從地平線浮出來，沿著大連街向我們走來，就像是一輪早出的月亮。

高雄之於我，宛如是一首飄揚在屋頂上的童話，或是牧歌，在風中依依地落去了，落入了潺湲的時間之河，一直落到了最底層。

直到我六歲那年，讀完國小一年級，母親宣布我們即將離開高雄，搬去台北。但那時的我卻還不能知道，我從此就要失去這片屋頂了。當「家」拿去了上面的寶蓋之後，就只剩下一個赤裸裸、孤伶伶的人，無助地匍匐在天與地之間。於是在十多年後，大統百貨毀於一場大火，城市也陸續蓋起了摩天大樓，一棟比起一棟還要巨大高聳，而我所曾經奔跑過和歡笑過的那一片屋頂，終於是徹底消失到無影無蹤。

黎明從台北升起

看出事物毀滅的可能性和確定性，甚至在它剛被創造的時候：這是我的個性。小時候在千里達，我就帶有這種神經質。部分是我的家境造成的：我們住的破落屋，我們不斷搬家，我們整體的不確定感。

——奈波爾《抵達之謎》

天空的顏色首先是變成紫，翻紅，再逐漸淡成了黃，然後灰藍便顯現出來了，當清晨的第一道微光拂過大地，鐵道兩旁的風景也就開始改變了它的樣貌。這是一條躺臥在島嶼西部邊緣的縱貫線，火車越往北行，原本綿延在窗外的大片山丘和稻田，便漸漸地消失了，取而代之的，是越來越多、越來越密集的水泥樓房，上面大多覆蓋著冰冷的鐵皮屋頂，生鏽的鐵窗後垂吊著五顏六色的衣裳，活像是一塊塊難看的補丁，城市的狗皮膏藥。

但到目前為止，這一切都還是靜悄悄的，時間還太早了，昨夜才剛下過一場綿綿的冬雨，街上還看不見什麼人影，就連路燈也來不及熄滅，昏黃的燈光照耀在柏油馬路上，反射出一圈又一圈迷濛的光暈。這是一座被凍結在冬眠之中的盆地城市。

平快車悠悠晃晃，穿過了它擁擠的懷抱，穿過了平交道叮叮噹噹地寂寞響。我頭倚靠在火車窗台邊緣，又硬又冷的，在經過了漫長的一夜之後，才剛醒來，疲倦還沉沉地拖住我的雙腳，於是我歪過臉，望向窗外，發覺平快車正在放慢速度，我知道，這就代表火車快要進站了，而接下來，就會看見鐵軌兩旁的水泥柵欄，然後就是月台，然後就是矗立在月台的白色站牌，而上面會寫著大大的兩個字：台北。

我知道：那是因為當黎明升起的時候，台北就要到了。

究竟母親是從何時開始動念要離開高雄，移居台北的呢？小時候我一直誤以為，我們是在追尋父親的腳步。但父親又為什麼要北上？我卻始終搞不清楚，一說是因為他一度沉迷於梭哈，欠下大筆的賭債；一說是他欠的根本就不是錢，而是一段又一段剪不清、理還亂的感情債。也或許，他愛的根本就不是人，而只是一種愛的幻覺，終其一生他都在追逐它，無怨無悔，也不嫌累嫌煩，一開始，還讓人覺得這個男人真是浪漫多情，但日子久了，卻只更加暴露出他骨子裡的愚蠢和卑微來。

父親先是去到新竹山區的某一間醫院工作，那兒專門治療甲狀腺肥大的病患。母親帶我們從高雄去新竹探望他，路途迢遠曲折，搭了火車之後，又得再轉好幾趟公車才能到。我一路上昏沉沉的，只記得山路不斷地往上盤旋，彷佛一直要近逼到蒼天的盡頭。當我們好不容易抵達醫院大門時，天色已然黃昏，一走進去，迎面而來的是一大片油漆斑駁的白牆，上面掛滿了大脖子病患的照片。血一般的夕陽，從門口斜斜地打了進來，映在照片中腫脹變形的軀體上，泛出詭異的紫紅色澤。我不禁倒退了一大步，握緊母親的手。母親彎下腰，附在我的耳邊說，那都是因為缺乏碘的緣故。

醫院的長凳上坐著一排病患，他們還在等待看診，不時低下頭去，小聲地彼此交談著，脖子的肉贅一邊微微地抖動，而那動作是如此輕盈緩慢有如失速的膠捲屢屢停格，就在一動與一靜之間，他們彷彿側過臉來，回望著我們這一群忽然闖入山中村落的異鄉客，而在下一秒，又若無其事地回頭凝視著自己前方空洞的白牆，山區潮濕的黴菌在牆上留下了一片片如雲翳般的暗影。

父親在那間醫院待不長久，又繼續北上，去淡水的馬偕醫院。他總是不停地跑在前頭，而我們隔了一大段距離落在後面，根本追不上他的腳步。還在讀幼稚園的我用注音夾國字的方式，寫了一封信給他，信裡把「來」字寫錯了，在一橫底下又多加了兩個「人」。當我們去淡水看他時，他從宿舍桌子的抽屜把信拿出來，給我看，取笑我寫錯別字，笑著笑著，又說我沒有寫錯啊，因為我們家的確是四個人：父親，母親，三姊和我，我們四個人一起「來」到了台北。但父親卻沒有提到大姊和二姊，彷彿在這一趟北遷的旅程之中，她們是無意間被匆忙忘掉的兩件行李，還孤伶伶地丟棄在月台上面，無人認領。

但是父親說謊，因為我們不是四個人，從來都不是。後來，我才恍然大悟，我們搬到台北其實和父親一點關係都沒有，那不僅是出自於母親個人的偶然抉擇，想要永遠離開高雄這一塊傷心地，還應該把背景放得更大一些，擺在時代不可逆轉的潮流底下來看才對，而個人，充其量也不過是置身在那巨大陰影背後的、面目模糊的一粒細沙罷了。

那是一九七五年，正是台灣鄉土意識萌芽，黃春明王禎和的小說已經嶄露頭角之際，然而卻也是一個經濟起飛，導致生活在社會各個角落的小人物正要離開故鄉，往大城市遷徙的時刻。城市崛起，鄉鎮則在快速地邊緣化、沒落化中，而我的家庭竟不知不覺地就加入了這一支離鄉北遷的隊伍，扛起了所有的家當，默默地，有如黑色的蟻群，一致朝向北方而去。

在一個孩童的心裡，這趟遷徙無關什麼神聖的城鄉論戰，只有素樸的日常生活在每分每秒地上演著。但北遷卻不如我們想像中的簡單，母親要調到台北學校去教書，名額很有限，大家搶破了頭，她必須趕緊累積自己的分數。她帶著學生參加各種比賽：科展、美術、壁報、作文、演講、歌唱，她甚至自告奮勇畫了不少政令宣導的海報：保密防諜，殺朱拔毛，十大建設，掛在學校每一條走廊的牆壁上。她的積分終於拿到了全高雄第一名，但即使如此，也還是分配不到台北市中心的學校，只能排到郊區，但總算一圓我們去台北的夢想。

當確定北上後，母親便常常帶著我和三姊搭火車到台北。那時還沒有自強號，平快車每一站都停，得要花十個小時以上才能抵達終點。所以我們多半是搭夜車，一覺醒來，恰好黎明時分，窗外天色濛濛亮，而火車也正要駛入月台，因此我對台北的第一印象總是伴隨著清晨迷離的天光，以及剛從夢中醒來時，一股不知所以的莫名疲憊和悵惘。而我的台北記憶也就從一條黑色的鐵軌開始，在夜中，它宛如粗蛇一般奮力擺盪，吐出長長的舌信和難聞的柴油味，朝向北方快速飛奔而去，一直飛奔到黎明升起的地方。

當年搭火車的人總是很多，攜家帶眷，就連棉被、枕頭和糧食都得帶上。平快車的票價便宜，沒有劃位，搭火車也就成了一場逃亡的大災難。我們總是很早就到了火車站，月台上卻已擠滿密密麻麻的人群，母親握著我們的手，鑽到月台邊緣，而底下的鐵軌黑黝黝的，積著陳年的油垢，還有老鼠不時在軌道的垃圾渣滓之中亂竄。站長在月台上一邊來回巡視，一邊吹哨，嚇阻民眾不可以超越警戒線。他的哨音淒厲又嘹亮，吹得人心惶惶，但哪裡管用呢？焦躁的乘客拉長了脖子，左右張望，相互推擠著，直到火車又圓又大的車燈乍然從黑夜裡浮現時，一剎那間，亮晃晃的光芒照得人都傻了，雙眼睜不開，便只好張大了嘴，盲目地喊叫起來：火車來了！火車來了！數不清的鞋子發狂地奔跑，每個人的臉上都寫滿了末日的驚恐，在月台上如同潮水般嘩地一下子往左，嘩地一下子又往右，顯得既激動，又絕望。

有的人被推倒在地，不知哪家的孩子在放聲大哭，而我也跟在人群後面倉皇地跑，母親跑著跑著，卻一下子將我抄起來，高高地舉過人牆，但這時火車都還沒有停妥呢，車門也尚未打開，母親卻已經看準了一扇沒有關上的窗，她一面跑，一面把我從窗口塞進去，要我先去佔好位置。我掉落在車廂座椅上，綠色的假皮發出一股濃烈的塑膠味，我看到有許多大人也掙扎著想要爬上來，卻卡在窗框上，齜牙咧嘴痛苦地扭動著身體，活像一條條肥大的毛蟲。直到車門終於打開了，月台上的人群一下子全都蜂湧進來，這時，我才看見母親的臉孔夾在他們的縫隙之中，若隱若現的，有如黑色浪潮上的一朵白花，艱難地朝我漂流過來。

有人在發出大聲的咒罵，有人拉長嗓子，在喊叫看不見的親人，就在大家亂成一團時，這一輛火車終於再也忍不住似地顫抖了一下，發出一聲心不甘、情不願的深深長嘆，然後咕噥了半晌，才在夜中緩緩地出發了。

火車朝黑夜駛去。車廂中的日光燈逐漸暗了下來，光線明滅，搖曳不定，眾人也逐漸地安靜了，他們忍耐地閉上雙眼，在夢中期待著台北，就像期待眼前這一個漫長的黑夜快快過去，黎明到來。

在我們正式搬到台北以前，母親已先在永和買了一間公寓。

七〇年代中期，正值通貨膨脹和石油危機導致台灣房價一路飆漲之際，而大量的城市移民人口更使得這種情形加劇，他們大多聚積在台北的周遭，而永和便是其中最快速膨脹起來的小鎮之一。母親眼看房價正好，只要轉手賣出，就可以獲得高額的價差，而台灣房地產也就從那時開始有了六年一次景氣循環的說法。於是在那些年間，母親沉迷在這樣買屋和賣屋的金錢遊戲之中，最瘋狂的時期她一口氣標下十個會，每個月教書的薪水光拿去繳會錢都還不夠，直到這一波熱潮過去，我們才終於脫離了每到月底，就要勒緊褲帶籌措會錢的陰影。

那時台灣也還沒有專業的房屋仲介，買屋賣屋，大都得要自己來。學校放寒假了，母親便帶著我們從高雄搭夜車北上，黎明時分來到永和，先把公寓的裡裡外外打掃一番，再去油漆行買一大桶油漆，自己動手粉刷牆壁，一直刷了整整兩天才完工。天黑了，洗過澡，也洗去一身的疲憊和油漆味，我們看著白亮亮的新牆，開心得不得了。為了犒賞辛勞，母親帶我們去公寓旁的樂華夜市吃東西，我從來沒看過那麼大的夜市，沒完沒了的攤販流滿食物的香氣，刺眼的燈泡在我的頭頂搖晃閃爍，照得一街的人影燦爛又輝煌，我才終於體會到「車水馬龍」這四個字究竟是什麼意思？吃完了小吃，還嫌不夠，我們又去戲院看電影。那是我生平的第一場電影，演什麼我早就忘了，只記得坐在一只黑盒子中，瞪視眼前交錯起落的光影，迷離繽紛，一切宛如神仙夢境。

那是我童年罕有的一場奢華饗宴，大吃，大喝，大笑，但忽然啪地一下，電影結束了，燈光大亮，好夢到此為止，我們恍恍惚惚地走出戲院，踩在深夜的巷弄，而夜市的人潮已經散去，只留下三三兩兩晚歸的行人，還有一街的污水和垃圾，沿途散發出濃厚的臭氣。我們惶惶然走回公寓，老式的樓梯間狹窄又陰暗，在夜裡，鐵製的扶手和磨石子地板顯得非常幽冷，而每一戶人家都裝上鐵門，不友善地緊閉著，讓人聯想到監獄或是精神病院。我們爬上四樓的公寓，一打開門，裡面空空如也什麼家具都沒有，一開口說話，就會產生巨大的嗡嗡回音。當日光燈照在那四面新刷的白牆上時，它們再也不會讓我感到興奮了，反倒是一種沒來由的陌生和空虛掩面襲來。母親默默地跪在地磚上，從行李袋中拿出準備好的報紙，鋪在地上，而我們就睡在上面，合蓋著一條從高雄帶來的小小棉被。

剛才夜市鼎沸的人聲、絢爛的燈光和食物香氣，都有如七彩泡沫般在一瞬間破滅了。我緊擁著被，這裡的地板又硬又濕又冷，在黑暗之中我張大了眼，驚恐地看著這間公寓，看著冬夜青色光芒從窗戶的縫隙流了進來，嗖嗖地，流滿了這一座陌生的異域。

當天邊才露出一絲曙光時，我們就醒過來了。我的眼睛還沒有睜開，便可以感到地磚的寒氣透過報紙，一陣陣浸透了我的脊椎。我馬上坐起身子，揉揉眼，在這間空無一物的公寓裡，夜晚沉澱了一股濃稠而灰藍的霧氣，彷彿浸泡在冰冷的湖水中。我不禁收起自己一雙赤裸的腳，打了個寒顫。

這時母親已經取來一大疊紅紙和黑色簽字筆。我們母女各自分頭趴在地磚上，開始寫房屋出售的紅單，一張又一張地寫：「吉屋出售，掮免」。六歲的我，已經可以把紅單寫得又快又好，也早就知道掮客是什麼意思。

寫完了，我們便拎著一袋糨糊和紅紙，趁天還沒有大亮時出門。我們走在巷子裡，冬天清晨的寒風呼呼地吹，街燈照著我們的身影又淡又瘦又長，悄悄地在路面上移動著，有如一吹即散的輕霧，又像是黑夜裡徘徊在街上還捨不得離去的鬼魂。昨天晚上夜市殘留下的垃圾，也來不及運走，現在變得更加烏黑腥臭了，流出一路的髒水，我小心地踩過去，一邊開始尋找路邊的公布欄、電線桿，或是變電箱。我們要找到最好的角落，拿出糨糊，把紅紙貼上，還得要小心不被警察開罰單。

就這樣，母親和我走過了永和一條又一條的街道，穿過無數狹仄的巷弄，而路上除了穿著螢光背心的清道夫外，幾乎一個行人都沒有。我的雙手沾滿糨糊，指頭都凍僵了，有時走到腿乏，我就蹲下來，仰起頭，默默地看著母親貼紅單。她貼得非常仔細，四個角落又平又牢，看得無聊了，我就張望起街道兩旁的樓房，它們全都擠在一塊兒沉沉地睡著，招牌，鐵捲門，鐵窗，還有睡在騎樓柱子下的野狗，這一切看起來是如此的雜亂無章，但在此刻卻又是如此的和平安詳。每個人都各安其位了，而有些人家的陽台上還開出許多美麗的綠葉和鮮花，彷彿是在這座灰撲撲的城市裡，許下了一個又一個彩色的願望。

有時我們迷了路，在巷弄中轉來轉去，卻忽然看到前方的電線桿上，出現一張我們才剛貼過的紅紙，簡直就像是登山客沿途在樹枝上綁記號一樣。等到紅紙貼完，這座城市也差不多要醒過來了，我們才急急忙忙回到公寓，把大門打開，又把報紙鋪在地磚上，開始了一天漫長的等待。

在那個沒有電話的年代，等待買主上門，是一段了無止盡的空洞時光。母親和我坐在地上等著，我把一本寒假作業攤在膝蓋上，埋頭寫生字，而母親等得乏了，背靠著牆打起瞌睡來。我經常寫得心不在焉，放下筆，注視公寓地磚的花紋，上面繁複地刻鏤著墨綠色草藤的圖案，看得人眼花撩亂。客廳紅黑大花的窗簾後面是窗戶，但卻緊貼著對鄰公寓的鐵窗，陽光根本透不進來，便顯得更加陰森和幽暗了。而我們拿來喝水的玻璃杯，也是前任屋主遺留下來的，不知為什麼被遺棄在此沒有帶走？我把杯子握在手裡，反覆地端詳著上面細細的裂紋，心底油然生出了一種奇異感。

我們經常坐著、坐著，盼了老半天，都還沒有一個人上門。但當腳步聲忽然在樓梯間響起時，我卻又不禁全身雞皮疙瘩豎立，因為那腳步聲聽起來更像是恐怖電影裡的音效。而這也是我對台北的第一印象：一座匯集了異鄉客的邊緣城鎮，在不見天日的公寓之中，它總是浸泡在沉沉的黑暗裡，那黑彷彿是從某種怪獸深不見底的喉嚨裡一絲絲吐出來，從而織就了無數相互糾纏的繭。但在那些繭中卻沒有人，沒有臉孔，沒有溫度，沒有呼吸，沒有心跳，只有從不知何處遙遠傳來的回音，幽幽地，在冰冷的水泥牆與牆之間擊盪。

袒護墮落

我俯視我的靈魂，看見火焰和灰燼。

我俯視我的內心，看見一尊得勝的惡神。

——尤瑟娜〈幻見〉

那一天我記得非常清楚，分明是白晝，太陽卻一下子被天空吞蝕掉了般的黑暗。後來我才想起來，那是因為我們正走進一間公寓，鐵門在身後碰地闔起，發出驚人的回音，四周在一剎那間就突然暗了下來，而我睜大眼睛。

公寓外分明是夏天，沒有錯，但是公寓的樓梯間卻陰冷得像是冬天裡的地窖，鐵製的扶手生硬冰涼，一直朝上方盤旋而去，但我抬起頭往上看，那兒卻靜悄悄地一個人影也沒有，只有牆角堆放著一包包垃圾——在那個年代，大家都習慣把垃圾放在樓梯間裡，有時一放就是好幾天，清潔隊才遲遲來收，空氣中因此長久瀰漫著一股果菜殘渣的腐臭味。我想，應該就是從那一刻開始，我害怕走樓梯間，一直到現在都怕，那是躲在建築物化石之中一條黯淡無光的脊椎，我害怕在那兒遇見人，即便是一個活人，出現在那兒，也像是飄忽的鬼魅，來去無蹤的青色幽靈，而他們總是面無表情，在擦身而過時，留下了一陣足以引起雞皮疙瘩的寒意。

那是我們抵達台北的第一天，第一個家，一棟外表貼著紅磚毫不起眼的公寓三樓。母親把我和三姊留在家裡，出門去辦事，很可能是去銀行。等她回來時，天色已近黃昏，公寓裡還沒有點上燈，一打開門，看到我和姊姊，她便雙腿一軟跪在地上，往前撲倒抱住我們的身軀嚎啕大哭起來。她說從高雄帶來的錢全沒了，搭公車遇到扒手，皮包被劃開一道，錢全被扒光了。她原本走到天橋，想乾脆往下一跳一了百了，但是底下往來的車輛呼嘯而過，遠方晚霞滿天，映照著這座陌生城市正在逐漸亮起的、一點點星子似的燈光，她想到從此以後，我們姊妹倆就要無依無靠，於是一雙握住欄杆的手，不禁漸漸地失去了力氣。不得已，她只好又硬撐起身子，把空扁扁的皮包夾在腋下，沿著紅磚道，一步拖著一步走回家。

母親哭了好久好久，才終於站起身，搖搖晃晃地走入房間，躺在床上蓋住棉被，緊閉雙眼，看起來非常疲憊的模樣。而她這一睡又是好久，天已經全暗了，我們不敢吵她，也不敢開燈，只能安靜地坐在床邊地上，看著公寓被黑夜一點一滴籠罩，而那黑怯怯地伸長了它的觸角，爬上陽台、門窗、地板、桌子和椅子，一直爬到了我的腳邊，沿著腳踝爬上了裙子底下的一雙腿。

潔白的月光在陽台外面升起，又剔透，又清亮，但那光芒卻與屋內的我們毫不相干，因為它走不進來，只是逗留在外面徘徊著，就像是一層薄而亮的蛋殼，把這間黑暗的公寓嚴密包裹起來，就好像它包住的是一顆混沌又懵懂的卵。

我們落腳台北的第一間公寓在石牌，屬於北投區。

在整個大北投區域中，石牌或許是一個比較早熟的社區，直到今天變化依然不大，它的一邊通往天母和士林，另外一邊則是往盆地的邊陲延伸，通向古老的北投。而往士林的這一邊，是一大片獨門獨院的別墅區，梔子花夜來香從牆頭探出肥大的葉子和白色花蕊，秋天一到，花瓣便落滿了安靜又寬敞的巷道。別墅中偶爾會傳出一陣鋼琴聲，但也不知道是誰在彈？我們從來就沒有見過這些住在高牆後面的人長什麼模樣？他們是誰？做什麼行業？房子的格局又是如何？他們遺世獨立地佔據了一小角落，自成化外的天地，無悲也無喜。

但如果順著巷子再往北走，朝北投的方向而去，便會發現別墅區不見了，高牆、綠葉和白花也消失了，取而代之的，是一排又一排的四層樓公寓，每一間都牢牢地裝上鐵窗，頂樓又用鐵皮加蓋上去，菜市場、麵攤和雜貨店就夾雜在公寓的縫隙之間。在那兒聞不到花香，也沒有午後悠揚的鋼琴，只有炒菜的油煙味，直到深更半夜都可以聽見小孩子的哭鬧，夫妻尖銳的爭吵。而再往北走去，就連公寓也不見了，只剩下一大片荒蕪的雜草叢，還有幾塊用竹籬笆圈起來的田地和菜園。

我們住的公寓是屬於庶民的這一邊。它的外觀很不起眼，但內部的裝潢以當時的水準而言，卻頗經過一番費心的設計。客廳中央懸掛著三層式的大盞水晶吊燈，鋪櫸木地板，牆上敷著淡黃色的水泥突刺，而類似的設計我彷彿只有在西餐廳才見到過。它的主臥室特別大，是由原本的兩個房間打通而成，與客廳相鄰的一面牆則改裝成為落地玻璃，用鵝黃色的薄紗窗簾遮起來，將空間搖曳得更加朦朧多姿。

梳妝台是原來屋主唯一留下來的家具。它就鑲嵌在主臥室牆角的凹陷處，巨大的橢圓鏡子周邊環繞著一圈金箔雕花邊緣，而梳妝椅也相當考究，安上了一只酒紅色的軟墊。我和姊姊最喜歡站在椅墊上，對著鏡子看誰長得比較美麗。和這一只豪華的梳妝台相比，我們從高雄搬來的家具竟是如此的簡單而突兀了——床就是床，椅子就是椅子，書桌就是書桌，似乎不管買方或賣方都未曾考慮過它們該是什麼模樣。以至於我如今唯一能回想起來的，只有一張老舊的書桌，右側下方有一個長形的貯藏櫃，裡面塞滿了過期不看的書刊。六歲的我總是盤腿坐在地上，打開櫃門，把頭埋入那一方漆黑的洞穴，張大鼻子，努力嗅它散發出來一股木頭混合著紙張的氣味。有人說，那應該是一種霉味吧。可是我偏偏覺得它清香極了，那味道彷彿會一絲絲割裂空氣，穿透鼻腔滲入腦神經，使人為之發麻，顫抖，恍惚，全身上下漾起了一股觸電般的快感。我可以坐在那兒聞一整個下午，也不嫌累嫌煩。我把那個櫃子當成是自己私人的祕密嗎啡。

也就是在那個黑暗的洞穴中，我挖掘到了生平所讀的第一本小說，作者是繁露，書名叫千里共嬋娟，但書的封皮已然不知去向，前頭脫了頁，結尾的十數張紙也無影無蹤。一直要等到日後念大學時，我才知道台灣果真有繁露這個作家，驚訝得不得了，因為那本小說之於我，確實太像是一場沒頭沒尾的夢。年幼的我昏昏然地靠著桌腳，身上被燠熱的暑氣蒸出汗臭，但我也懶得起身洗澡，只顧低頭墜入一本缺乏開場、失落結局的小說當中，而小說的人物各自頂著虛構的名字，在尚未完成的人生裡漂浮，惟有依賴我童稚的想像力，才能夠將他們一一拯救。

然而，沒頭沒尾的夢卻還不只如此。

我那時經常在半夜醒來，張大眼睛，在暗中來回搜尋鬼魅的蹤影，但多半是自己嚇唬自己罷了，但是有一回，我的記憶如此清晰，唯獨自己才知道那絕非作夢。那天晚上，照例我又醒過來，忽然聽到一陣隱約的歌聲，循聲望去，隔著落地玻璃和薄紗窗簾，我看見了一個剪著齊耳短髮的年輕女孩，大概不到二十歲年紀，她正一邊繞著客廳走，一邊搖頭晃腦的唱歌，還舉起右手的中指和拇指彈打節拍。不知為什麼，尚未學過英文的我卻非常肯定她唱的是一首英文歌曲。我於是從床上爬起來，坐著，瞪視她許久許久，客廳籠罩在一片茫茫的青白光霧裡，而母親和姊姊睡在我的身旁，卻對這一切渾然不知。此刻的時間彷彿是暫時停止了，只剩下她和我位在這個次元。但她知道我在無意之間闖入了嗎？如果，如果她也看見了我呢？這個念頭頓時使我的頭皮一緊，我立刻鑽進棉被，但她的歌聲卻沒有放過我，馬上追蹤過來，幽幽地迴旋敲打在我的耳膜。我雙手抓牢被子，把自己裹成一個密不通風的繭，直到悶出了滿身大汗，清晨時分黎明的光線穿透進來為止。

第二天半夜，我彷彿應約定似的，又在黑暗中忽然睜開了眼睛。

這一次，女孩不再隔著一層落地玻璃了，她靠得更近，站在梳妝台的椅子上，背靠著牆，側過臉來注視躺在床上的我。她的全身上下滲出微微的湛藍，卻又彷彿比這個寂靜的夜還要更沉，更黑，而她和我的距離是如此之近，只要我一伸出手來，就可以把她攫住，看她俯視的姿態，又分明是知道我已經清醒，發現了她。所以她是故意站在這兒的嗎？但她到底想要做什麼呢？還是有什麼話想要對我說？黑暗中，我分不清楚她臉上的神情是喜悅、悲傷還是寂寞，卻恍惚可以感到她的呼吸起伏。然而她真的有呼吸嗎？如果我爬起身，我就可以把她的長相看得一清二楚了，那麼她又將會如何？但我終究沒有這種勇氣，我縮在棉被中，挨著母親發抖，哀哀地低聲呼喚求救。奇怪的是，母親的身體居然如同一尊沒有生命的石膏雕像一般，紋風不動，似乎就連溫度也沒有。

這個黑色的夜晚是如此啞寂，僅有鑲嵌在牆角的那一座梳妝台發出黯淡的微光，這時，我才驚覺自己原來是躺在一個時間死去了的世界，只剩下多情而纏綿的靈魂，還不甘心離去，依依地在空間之中漫遊。

女孩的鬼影，彷彿從公寓的黑暗之心孵化而出。

但她究竟是誰？又為什麼會出現在這裡？我年紀還太小，不懂得去追究前因後果。當許多年過去之後，我們早就搬離了石牌，才在偶然的機會下，聽母親提起，當初她是以超乎市場行情的便宜價格買下那間公寓，根據屋主的說法是，他因為金屋藏嬌被老婆抓到了，所以才在倉促之間，以賤價草草地賣出。母親撿到這個天大的便宜，還為此沾沾自喜了好久，滿心以為是神明的賜福，而我們從高雄搬到台北的美好新生活就要從此開始。但這就是事實的真相嗎？而我們的美好生活究竟有沒有來臨呢？答案已然渙散在歲月的推移之中。

唯一可以肯定的是，那棟公寓如今還在，老舊的外表顯得更不起眼了。我還經常有機會走過它的身邊，總要習慣性地抬起頭來，望一望陽台生鏽的欄杆。它曾經被我們數度改漆成不同的顏色，黃色，綠色，粉紅色，灰色。我仰起頭，彷彿又看見了六歲的我，正拿著刷子，與母親一同為欄杆漆上晴天一般快樂的藍色。然後我的視線會繼續越過欄杆，越過了客廳的水晶吊燈，穿透大片的落地玻璃，以及一席輕飄飄的鵝黃色薄紗窗簾，到達那一座曾經細心雕琢過的梳妝台，而那女孩站在梳妝椅上，靠著牆，側過臉來，她是否仍然剪著一頭齊耳的短髮，停留在十多歲的青春年紀？又是否仍然夜夜迴蕩於那一面巨大的鏡子前，凝視自己一張被迫在時空中停格的臉？

然後我也會看見了六歲的自己，因為人生地疏，除了上學以外，母親不准我們踏出公寓一步，在漫長而無聊的午後，我和三姊只能蹲在陽台，握著欄杆，輪流說故事給對方聽。我說的都是一些鬼故事，一邊說，一邊睜眼瞅向外面的世界，在孩子的目光中，就連天邊的太陽也傾斜了，以致一切景物莫不浮晃在不安的黑色陰影裡。而在這個時候，我也彷彿又看見了短髮的女孩，從陽台後面的一扇玻璃窗前浮現，成了一道悠忽而模糊的身影。那是她，沒有錯，就站在六歲的我的背後，整個人的輪廓和五官卻全都隱沒在陽光透不進去的屋內，而隔著窗玻璃，我看見女孩微微傾下頭來，似乎正在專心聆聽我和三姊所說的故事。

那都是一些有關愛與死亡的故事。

我還記得那時從家中陽台，就可以看到北投的中正山。它其實是屬於大屯山脈的一部分，尖尖的山頭不知被誰用樹林植成了「中正」兩個大字，巨大到近乎可怕，和天與地簡直不成比例。那本來應該是一座很美的山，蔥綠又飽滿，直到今天，依然是健行者和單車族熱愛的地點，但卻被莫名蓋上了悚然的二字大印。文字生出了奇怪的想像和魔力，而童年的我竟不知從何處得來錯誤印象，以為蔣中正就是被埋葬在那兩個大字底下，整座山巒因此變成了一座超大的墓塚，透出一股陰森森的涼意。

我握著陽台欄杆遙望大大的「中正」二字，總覺得不是我在看它，而是反過來，亡魂對於盆地子民所投下的、不舍晝夜的凝視，於是我對三姊說了一個又一個以死亡為結局的悲慘故事。我說有一個酋長被人殺死了，他的十二個兒子輪流騎上馬，去遠方敵人的部落為父親報仇，但也都被殺死了，直到最後太陽西下，有如一團燃燒將盡的紅色火球，懸浮在地平線的盡頭。最年幼的弟弟望著太陽，知道哥哥們這一次不可能再回來了，於是他含著眼淚，拿起矛槍，騎馬出發，獨自一人走過黃昏時分的原野，走過低頭啃草的鹿群，走過隱匿在樹下草叢乘涼的獅子，一直走到了對方的部落，他看到在血色的殘陽下，父親連同哥哥們的頭顱總共有十二顆，被敵人割下來，一顆顆吊在一條粗大的麻繩上，隨著晚風輕輕地搖盪，傷口處暗紅的血已經凝固，濃重的腥臭，吸引了無數黑色的蒼蠅嗡嗡地環繞。

「結果呢？」三姊蹲在我身旁，緊張地問。

「結果，」我瞇著眼說，「結果他也死了，頭被割下來，懸吊在繩子的尾巴。」故事到此，戛然而止，我和三姊都安靜下來，陽光灑落在午後的巷子裡，發出不真實的灰濛濛光芒，而四周圍是如此的安靜，彷彿所有的人都在一瞬間消失了似的。我忽然覺得自己非常的殘忍，不給人留一點生存的餘地，而我知道這樣是不對的，故事不該有一個全軍覆沒式的結尾，不符合童話該有的快樂想像，這是犯規的，但我的心裡卻非常痛快。

因為犯規而痛快。

不近人情、不講道理的故事讓我著迷，它勾勒出古怪的幻覺，比起真實還要來得更加的真實。在那間公寓之中，死亡似乎比生存還要更容易讓我把握，我把它握在手掌心中，注視著它不安地翻滾扭動，彷彿那才是真正潛伏在我想像力深處，為所有事物打底的背景，就像是那一座張開眼睛便能望見的、刻上了「中正」大字的山頭，也像是那趁著黑夜來到床邊俯身看我的短髮女孩。她才是這一間公寓永遠的主人，在那裡，她一直栩栩如生地活著。

事實上，我還遺漏了一個人。

是的，那時被囚禁在公寓中的，其實不只短髮女孩，也不只我和三姊，還有一個人。但回憶會自動避掉傷口，它迂迴繞道而行，留下了不可碰觸結了痂的死角，在那個角落裡同樣也站著一個女孩，就和夜裡的女孩一般年紀，也同樣剪著一頭高中生的齊耳短髮，喜歡唱六〇年代流行的英文歌，但她的行蹤卻比夜裡的女孩還要更加飄忽，來去總是不明。那就是我的大姊。

為什麼在我的記憶中，從高雄遷往台北的火車上看不見大姊和二姊的身影呢？因為家中父母離婚的變故，二姊一會兒寄住在阿姨家，一會兒又住校，彷彿過了很久，才突然在台北的公寓中現身，但也僅是短短的一剎那罷了，沒多久，她又回到學校。二姊就這樣獨自一人度過了她大半的青春。而大姊原本讀雄女，念到高二就休學，先是嚷著要去當修女，後來又上台北，打算重考高中，到南陽街補習，有一天在新公園附近閒逛時，卻遇見一個在紅磚道上賣畫的男人J，不知怎麼地，她便和J私奔了。

J是一個三十多歲的男人，國小畢業後就輟學，成了坊間油畫的學徒。但他畫畫的時間不多，大部分都是開著一台破爛的小貨車，在熱鬧的城市街頭四處擺攤賣畫，那些畫有的是自己畫的，但更多是從師傅那兒批來的，筆法大同小異，用色相當濃豔，大半是以山水瀑布作為題材，或者是跪在床上用被單半遮酥胸的裸女，以當時的性感小貓法國女星碧姬芭杜作為藍本。如今這種油畫已在台灣的街頭絕跡了，但偶爾我去到一些偏僻鄉鎮的老舊公寓，還會在無意間撞見這種畫，就懸掛在客廳的牆上，底下搭配著老式的胡桃木家具或是塑膠皮沙發，我就不禁回想起了J。想起他站在冬天的紅磚道上，點燃一根菸，凝視著眼前往來穿梭的車流，想起他瘦高的身材，合身的西裝褲貼出骨盆的曲線，還有他臉頰旁那兩道又長又黑的鬢角，像貓王。

大姊還沒有成年，卻和這樣的一個男人私奔了，不知去向。偏偏那段日子台灣又發生多起無名女屍案，江子翠，五股，每發生一件，母親就疑心那是不是大姊？她跑去警察局認屍，回來之後，便灰著一張臉說吃不下飯，關於那些過程，母親一個字也沒提，她只是坐在椅子上揪著胸口的衣服，說她沒有胃口，想吐。

母親報了案。警察局抓到大姊，打電話來要我們去領，我和三姊陪母親一起去。走到警察局就看見大姊垂著頭，背對我們坐在角落，一雙手被銬在椅子後面。我們把她的雙手握得牢牢的，才敢讓警察把手銬打開，然後一路拖她上計程車回家。下車時，還拜託司機幫忙把她抓進公寓，沒想到一進家門，她就忽然衝到陽台，整個人攀上欄杆，作勢要往下跳。我們急得趕緊抓住她的雙腳，但大姊卻是認真的，她不停地扭動身軀想要掙脫開來，整個人幾乎有一半以上懸在欄杆的外面了。我們急得大哭，不敢放手，但卻改變不了她的決心。她忽然仰身向上，就像是一個跳水選手似的，伸長了雙臂，貼齊耳朵向後方高舉，緊閉起一雙眼，嘴唇慘白，臉孔朝向漠漠無邊的夜空。她開始不斷大聲地尖叫起來，叫我們放手，說她不要活了，說她想死。而這時樓下的巷子裡已經聚集了好一大圈圍觀的民眾，他們好奇又激動地叫嚷起來，也聽不清楚究竟在說些什麼？而街燈冷冷地照耀下來，就照在大姊一張如此青春、卻又如此蒼白的臉龐上。

是的，她想死。

那死亡的意念如此強烈，嚇住了我，彷彿過早地讓我知道，這個世上除了活著之外，還有別的看不見的什麼，引誘著人如同飛蛾撲火一般，要墜入那無以名狀的深淵。只要一想到這兒，我就幾乎要懦弱地向後退，鬆開了原先把大姊握得牢牢的雙手。

後來不知哪個鄰居衝進來，才七手八腳把她拖下欄杆，拖進客廳。母親在大門加裝了兩道鎖，窗簾拉上，從此不分晝夜，一絲光線都透不進屋內。白天裡，母親去上班，三姊去上學，經常只剩下年紀最小的我和大姊在家，門被扣上了大鎖，就連我也一起被鎖在裡面。但母親又不放心，害怕出意外，以防萬一，她私底下偷偷告訴我鑰匙擺在哪兒？這件事卻被大姊知道了，趁著家中無人的時候，她把我拉到跟前，威脅利誘著，要我把鑰匙的位置說出來，我閉緊嘴不肯講。她也不再逼問。每一天，我就眼睜睜看著她抱著雙腿，坐在幽暗無光的客廳角落裡，不看書也不聽音樂，光是冷漠地發呆，也不理睬我。她就像是死了一樣。

那死的意念瀰漫著整間公寓，具體而且有形，壓得人喘不過氣來，直到有一天我再也忍耐不住，終於自己走到大姊的身邊，洩漏出鑰匙的位置，然後我看著她毫不遲疑地爬起身，跑到門邊，踮高雙腳，伸長了右手，往門楣上方的角落摸索著，直到發出清脆的喀答一聲。她的眼睛在幽暗的客廳之中發亮。她拿下鑰匙，開始一道道打開大門上的鎖，把鎖往地上一扔，拉開門，陽光嘩啦啦地猛然流洩進來，照得人睜不開雙眼。我不禁用手遮住了臉，而就在那一刻，大姊便像隻白色的鴿子似的，毫不猶豫展翅啪啦一下飛走了。我還來不及張口喊她，她就已經飛進了光輝又溫暖的白晝，只把我一人留在公寓的陰影之中。

美麗的鴿子。哀愁的鴿子。寂寞的鴿子。咕咕咕。鴿子不要哭。而那一年，大姊十七歲，我六歲。

我站在門檻邊，瞇起眼，望著外頭光亮到教人暈眩甚至忍不住為之掉淚的藍天。但我走不了，因為有一雙手從幽冥之中伸出來，搭上了我的肩，那雙手若有似無，微微透著冰涼，扣在我的肩胛骨上，我即使不回頭也知道，那是夜裡的短髮女孩。她還不想讓我走，至少現在不要，而她只是要我眼睜睜地把這一切全都看清楚，前因和後果，看著大姊是如何飛向她未知的命運，然後墜毀在上天早已經預設好的軌道中。她要我把這些都看清楚，並且一輩子牢牢地記住，永誌不忘：關於一個女孩宿命的一瞬之間。

飛翔的，或是墮落的，一瞬之間。

在德勒茲《時間—影像》一書中，他談到費里尼的電影視角是「共謀主觀主義」，也就是讓觀眾產生「情感同化」的效果，而油然生出一股主觀的同情心。德勒茲用很美的方式來形容這種感情，他說那是：「袒護墮落，只讓人在夢中或回憶中相愛，同情此類愛情，做墮落的同謀，甚至於為了盡可能地挽救一些東西而去鼓勵這種作法……」我讀到這兒，「袒護墮落」四個字彷彿一股電流掣過全身，我恍然大悟，原來自己一直就是墮落的同謀者，在那宿命的一瞬之間，六歲的我和十七歲的大姊一起被囚禁在黑盒子似的公寓裡，而我奉上鑰匙，鼓勵她飛向一份宛如蟬翼般脆弱又渺茫的愛。袒護墮落。

大姊找到了J，他們在島上開始過起游牧一般的生活，但不是逐水草而居，也不是如養蜂人家一樣，逐著一片盛開的花田而居，他們是逐城市過往的人群、逐一條往來熱鬧卻又不至於被警察開罰單的紅磚道而居。或許應該這麼說，J不是在逐草、逐花，而是恰恰相反，他們一邊游牧，一邊播下了美麗的圖畫，就像在這座灰撲撲的島嶼上，播下了無數色彩絢爛的種子。

他們總是把油畫放到貨車的後車廂，在大城小鎮之間隨意遊走，走到哪兒，興致一來，便停下車，把油畫一一搬下來，在紅磚道上擺成一排，剎那間，就在水泥城市中開出一片綠意盎然的風景。而原本馬路上的行人都是埋著頭匆匆走過，卻也忽然被這些畫給吸引了，他們放慢腳步，甚至蹲下來，瞇起眼，仔細地把畫從頭到尾端詳了老半天，就像在看一幅博物館裡的珍貴收藏。在七〇年代台灣城市正要發展，只有污染擁擠卻還顧不上美醜之際，這些擺在路邊看似庸俗的畫作，彷佛開啟了一扇扇逃往他方的窗口，不但牢牢地吸引住了我大姊，也吸引住了來往的過路人，他們流連不去的眼神足以穿透畫布，落到地平線之外一個更為遙遠的地方，而那兒，就是一大片游牧者所渴望的青翠草原，美麗花田。

於是大姊再也不考高中，跟著J四處賣畫，有一回，他們還瞞著母親，偷偷把我一起帶上，讓我坐在貨車前座，從台北一路晃到桃園、中壢、新竹、楊梅，在十多天的時間裡幾乎跑遍了大半個台灣。只要哪兒有紅磚道，有人經過，哪兒就是我們落腳賣畫的地方。我還跟J學會了如何向客人介紹畫，品評每一幅的特色，而這也就足以安慰城鎮小老百姓貧乏的內心。我看著他們煞有介事和J討論，究竟哪一幅畫比較好呢？然後從長褲口袋中掏出皺巴巴的鈔票來，雖然捨不得，但在掙扎了好久之後，還是抵不過畫的誘惑，終於微笑著把它扛回家，就像扛著一幅從遠方捎來的夢想。

在賣畫的游牧歲月中，一切人、事、物也就成了嘉年華會中流動的光影：過往的車輛行人，晚上收工以後大吃一頓的餐館，逛夜市路邊攤，再隨興找一間小旅館住下，如果那天畫賣得好，我們還會去看一場電影來慶祝。從早晨到夜晚城市的斑斕風景，在我的眼前一一浮掠，目不暇給，又好像是坐在不停歇的旋轉木馬上，笑著笑著，到後來，竟也有一點莫名的迷惘和心驚。

不知是否無盡的游牧生活令人疲憊？一年多後，當大姊成年，母親再也無力約束她時，她卻反而離開了J，默默地返回家來。他們分手的原因我無從得知，只知道大姊從此窩在房內，躺在床上看租書店借來的小說，一看就是一整天，而昔日踏遍台灣、游牧逐花的青春歲月，已然飄散如同一陣過往雲煙。奇怪的是，她的回歸反倒令我感到陌生，像是家中多了一道難以親近的冰冷陰影。我們再也不曾如賣畫的時候那般親近了。

她從此絕口不提J，母親也不提，J的名字成為禁忌，誰也不許說。很快地，大姊迷上那時流行的雜誌《藍帶》，裡面專門登些愛情小說，末了還闢有好幾頁的筆友天地。她每天不是看小說，就是埋在桌上一邊抽菸，一邊寫長長的信給遠方未曾謀面的筆友。她把所有的精力全耗費在寫信這一件事上，而她有那麼多話渴望去對陌生人說，在家中卻老是沉著臉，不開口，也不肯吐露那些人究竟是誰？不知怎麼的，她得了一個機會寫信給楊弦，民歌運動的第一才子，還居然收到他的回信，邀請她去聽在中山堂舉辦的演唱會，大姊瘋了一般開心地紅著臉。演唱會當晚，她打扮了好久才出門，直到夜深我們還撐著眼皮沒睡，一聽見她回來的聲音，便衝出去圍著問，究竟見到了楊弦沒？她說在後台見到了，但除此之外，她什麼也沒說，只是坐到桌前捻亮檯燈，尋出那些信，把它們全撕了，忿忿丟進垃圾桶中，然後趴在桌上痛哭失聲。她的背脊一聳一聳的，哭聲在安靜的夜裡忽高忽低，不知怎麼，竟讓人想起了月光下狂風吹過一無所有的荒原。

但第二天起床之後，她繼續寫信，寫給不知名的別人，彷彿昨夜沒有任何事情發生過，她寫了好長一段日子，直到有一天，忽然對我們宣布說要去美國會見筆友。當時觀光簽證取得不易，她卻想盡辦法透過管道取得了，飛去美國，從此非法居留十多年，在全美的餐廳打工洗碗端盤子，跑遍了每一州，直到被移民局逮捕，遣送回台灣為止。這一次，她也算流浪得夠久、夠遠了，當她又拿著皮箱，神情疲憊地出現在我們公寓門口時，已經是一個將近四十歲的成熟女人，早已不復昔日少女的面容，原來的短髮留長了，燙成蓬鬆凌亂的大捲，但也遮不住鬢邊出現的些許白髮，而我也不再是當年的小女孩了，已經升上大學。我們在客廳默默對坐，生疏心慌宛如第一次相見的陌生人。

經過數月後的某一個下午，我獨自在家，忽然接到一通電話。他一開口，我就知道是J。原來這麼多年以來，我都沒有忘掉過他的聲音，這一點就連我自己也大吃一驚。我說大姊不在，但你怎麼會知道我們的電話呢？他說是大姊回台灣後打給他二哥，說找不到他，故留下了這支聯絡的號碼。他問大姊現在好不好？我遲疑了一下，回答說還可以吧，便趕緊反問J，是否還在賣畫？

早就不賣囉。他說自己開了一間工廠，在泰山。我說，你以前的畫室也在泰山呢。他很驚訝我怎麼會記得？

記得記得，當然記得，我說。那是一個窄小簡陋的房間，牆上掛滿了油畫，瀰漫著一股濃郁的松香水味。那是畫室，也是住處，擺下一張雙人床後，就把畫架擠到了牆角，下床時一不小心就會踢到顏料罐。我還記得大姊洗完澡，圍著一條棕色的大浴巾，墊起腳尖，小心翼翼地穿過滿地的畫筆和顏料，然後喘口大氣跌坐在我的身旁，她一邊擦濕漉漉的短髮，一邊偏過臉來瞅著我，渾身散發出洗髮精的薄荷香氣，而眼裡都是亮晶晶的笑。

J嘆了一口氣說，當時妳年紀那麼小，身高都還搆不到我的腰呢，沒想到，一下子就變成大學生了。他又說，如今的生活完全不一樣，經營工廠壓力很大，前一陣子遭小偷，損失慘重，所以最近忙著加裝保全系統云云。

我想像那一間躲在泰山工業區狹窄得宛如迷宮巷弄的工廠，被重重的鐵皮、鐵窗、監視器和警鈴所嚴密禁閉的空間。原來他早就不是那個四處游牧流浪的J了。我心中湧起一股悵然，不禁脫口而出說，如果，如果那時大姊沒有離開他，不知道今天會變成什麼模樣？

J在電話那頭忽然沉默下來，過了好幾秒，才啞著喉嚨說，那些就不要再提了吧，沒法子去想，因為一切不可回頭，都早已經過去了，過去了呀。

夢的衣裳

天下沒有慈父，那是鐵律。別責怪男人，問題只在於腐朽了的父權。生子女，再好也沒有，養育他們，那多麼罪過！要是父親不死，他會長期壓迫我，非把我壓垮不可。由於命運，他年輕時死了在那些身受父親壓迫的同伴當中，我卻自由自在的到處遊蕩著，我恨那些管束兒子一生的父親們。

——沙特《沙特自傳》

我們家沒有族譜。

我的父親是流亡學生，一九四九年，他跟隨學校從山東青島一路迢迢來到台灣。關於我的祖父，據說在父親小時候就被日本人抓去修鐵路而炸死了。但沒有人確定這個說法到底是真？還是假？反正我的祖父就是憑空消失了，連屍體都沒能找到。他走得倉皇，不知從何而來，從何而去，一張照片都沒留下，父親也不記得他的長相，所以我根本不知道他是高還是矮？是瘦還是胖？脾氣是溫柔，還是暴躁？他有沒有讀過書呢？喜歡唱歌還是畫畫？關於這些，我們從來都不知道，也沒有人去講。到頭來，我祖父的一生只總結成了「被炸死了」這四個字，就像平原上被風輕輕吹走的一粒沙。

關於我的祖母，一九九一年時，我陪父親從台灣回到山東農村老家，才第一次看到她。那時她已經快九十歲了，坐在炕上咬大饅頭，山東話叫作「饃饃」，大家都稱讚她的牙齒好，胃口也好。她總是穿著深藍色的大長褲，盤起瘦得有如兩支細棍似的小腿，坐在炕上，鮮少走下地來。她的腳是纏足的，鞋子小得可愛，比起我的手掌心還要小。她還特地脫下襪子，把一雙赤足伸給我看，腳趾頭全往內縮，皺成一團，而腳心則是向內對摺起來，活像是一塊美國中餐廳流行的幸運餅乾。

祖母雖然裹小腳，走起路來搖搖晃晃的，彷彿一片墜入風中的落葉，但她這輩子還是照樣下田種地，打仗逃難，一件也沒缺過。她經歷過辛亥革命、對日抗戰、解放、大躍進、文革到九〇年代的改革開放，身邊的親人有的戰死，有的餓死，有的病死，失散他方，就像我的父親，她唯一的兒子，但她卻依然活了下來，坐在炕上，笑瞇瞇地看著我。她似乎從來不埋怨，也不去回憶，關於過去的日子，關於日本人、國民黨和共產黨，那些事情似乎離她太遠，但又太近。我問了，她也不說，光是笑，然後就說我的父親脾氣不好，四十多年不見了，他卻還是和小時候一個樣兒，沒有耐性又霸道。

在姑姑的帶領下，父親和我一起去掃墓，是我曾祖父、母的墓。姑姑手拎一籃紙錢，走過乾枯的棉花田——那一年，村民買到假農藥，所以棉花全給蟲吃光了，走過青紗帳一般的高粱地和玉米田，最後爬上了一座小土坡，那裡沒有任何樹木遮擋，只長出些許零落的雜草，放眼過去，盡是一望無際的黃土平原，除了黃，還是黃。風呼呼地從四面八方颳來，姑姑忽然蹲下，我卻覺得奇怪，因為四周圍什麼都沒有，就光是沙。

「可能就是這裡了吧。」姑姑說。原來墓早就被剷除了，她只記得大概的方位。因為沒有墓碑，我的曾祖父母似乎連名字也沒了，消失在亮晃晃的陽光下。

父親和姑姑跪下來，開始對著一無所有的山丘哭嚎起來，哭叫老太爺、老太娘，就是祖父和祖母的意思。他們一邊哭，一邊燒紙錢，紙灰在空中飛揚。姑姑的頭髮是灰白的，但父親卻還是黑的，染過的。村子裡的人都說姑姑當年是一個大美女，但後來她在集體公社吃大鍋飯時，染上菸癮，牙齒變得又黑又黃，十隻手指長年耕種下來，沾滿了洗不掉的泥巴。我跪在姑姑的身旁，聽他們淒厲哭嚎著，而風一吹來，眼前的高粱和玉米全都嘩啦啦地彎下了腰，那奇異而悲傷的姿勢，彷彿就和山坡上的我們一模一樣。

我們家不但沒有族譜，沒有祖先，也沒有父親。在我幾個月大還沒學會走路的時候，父母就離婚了，從此之後，父親在我的生命中缺席，我跟著母親長大，始終搞不清楚「父親」二字到底代表什麼意義？他只是一個偶爾會在假日出現的人，吃頓午飯，帶我們去游泳或到郊外走一走，趕在天黑以前，就急急忙忙道再見。有時，看到別人崇拜或眷戀聆聽父親，總是讓我感到非常驚訝，因為我似乎很難想像那種感情。

幾年前，有一回和父親吃飯，那時他已是一個七十多歲的老人，再怎麼勤於染髮也掩蓋不住蒼白的髮根。我們坐在一間油煙瀰漫鬧哄哄的餐廳裡，吃著吃著，父親忽然從口袋裡掏出一張紙來，原來是民國五十九年的離婚證書，紙面都發黃了，角落捲曲，摺痕很深，用鋼筆墨水寫下的藍色字跡也都褪色，快要辨認不清。但他居然保留著，遞給我看，對我講起當年離婚的經過，卻還是覺得委屈，講著講著，忍不住就哭了起來。我尷尬地坐在一旁，握著那張幾乎快要分崩離析的紙，不知道該如何回應？但真正讓我震驚的，卻不是這些陳年舊帳，而是父親的一把眼淚一把鼻涕。他的真心似乎不容我去質疑，但那只是一顆任性又天真的孩子的心，永遠只會想到他自己，所以他比誰都愛哭，老是認為自己這一生受盡了委屈。我面無表情地坐著，看父親在我面前抹淚，心中忽然荒謬地想，如果提起這一段往事，嚎啕大哭而覺得無辜的人，應該是我吧，怎麼會輪得到他呢？

但我沒法開口譴責他，他總是讓我想起了在小說中經常會讀到的那一類男人，固執地耽溺在愛的幻想和渴望，愚蠢得可笑。他總是在追，也在逃，但就是不停留在任何一個人的生命裡。他一直在路上。

父親的缺席，對於我的人格究竟產生了什麼影響？到現在也說不清。我只知道母親一個女人單打獨鬥，要應付生活確實不易，這倒訓練了我們不輕易掉眼淚。我們四姊妹，再加上母親，家裡簡直是一座女人國了，所以對我而言，女性主義竟不是舶來的西方理論，而是從小到大活生生的具體實踐，並且實踐得有些令人怵目驚心。

因為忙著養家，母親除了在國小教書，又兼下不少差，鮮少有時間管我們，我一直是無法無天長大，似乎不懂得任何規矩，就連吃飯都非常隨便。小時候，看到路邊攤有人把腳翹到板凳上吃麵，我便學會了，在家裡也捧起飯碗，把左腳翹到椅子上來，覺得自己十分帥氣，母親見了也不太管。有一天，父親來家中作客，看見我翹腳吃飯，臉色變得十分難看，他勸我把腳放下來，我不聽，還嘻嘻哈哈不當一回事，又可能出言不遜，他居然氣得哭了，把碗往桌上一扔，掩著臉，嗚嗚地說：「都是我不好，沒有留在妳們姊妹身邊，害妳們變得這麼沒家教。」

父親哭了，我把腳放下來，驚奇地看著他，開始認真思索「沒家教」這三個字到底指的是什麼？我心裡雖有些慚愧，卻又不免想，這個男人怎麼如此囉唆呢，還不快快回去？果然，父親好像聽到我心中的願望似的，也沒多耽擱，便風也似地逃走了，而他一走，我又回復到先前無法無天的狀態。

沙特曾經在自傳中驕傲地說，他感謝父親早死，因為「要是父親不死，他會長期壓迫我，非把我壓垮不可」，而他慶幸自己從來不必服從，沒有被權力之瘤所消滅過。或許，我也該如此自我慶幸才是，但後來我卻逐漸明白，所謂家教的意義是什麼？在中國人的社會中，那恐怕不只威權而已，還摻雜著更加細緻以至於善惡難分的智巧，足以使人在權力機制之中微妙周旋以求勝出的法則，以及被粉飾包裝過後的血淋淋生存遊戲。但從一剛開始，我就被排除在這場遊戲之外，什麼也不明白。我一直拙於和長輩相處，不知該如何應對進退、噓寒問暖，逢年過節，也不知送禮問候，別人作來熟極而流之事，來到了我身上，卻總是左支右絀，萬分的不自然，誰教我從小就沒有學會這一套，彷彿野草一般，自顧自地在風露之中長大了。原來所謂的人際倫理關係，並不是心誠則靈，而是一道如此難以學習，甚至必須經常演練的實際課題。但卻已經來不及了，這一道課題，我和父親都沒能做好，注定一輩子不及格，就連補考的資格都沒有，而留下了一個再多淚水也無法圓滿的欠缺。

既然沒有人理睬，一切都得靠自己來。我被拋擲到野地之中獨自摸索，而文字便是我找到的第一條救命繩索，它引領我一步步離開這塊荒蕪之地，離開了混亂難解的現實，離開了瀰漫死亡氣息的黑暗公寓，離開了母親整日為攢錢而不自覺流露出來的焦慮，當日子一久，那焦慮便成為她根深柢固的表情，再也沒有辦法從臉上拔起。我甚至有些害怕去面對那張臉了，而文字築起了一道抵擋日常生活的屏障，我躲在那道牆的後面，那兒寧靜完滿而且自足，透露出不可思議的清澈光芒，就宛如是一頂加冕的皇冠，要用它的璀璨去遮掩掉這個世界千瘡百孔的真面貌。

於是從還沒有入學開始，我就患了嚴重的戀字癖，走在路上什麼都不看，光喜歡看招牌，把上面的每個字大聲讀出來。字，比起商店櫥窗裡的任何東西都要來得好看。但對一個戀字的孩子而言，七〇年代卻也是一個懲罰性的空無年代，圍牆上用白色油漆塗著大大的政治口號，充滿威嚇的標語和訓誡無所不在，彷彿每一個字都得要乖乖地伸出雙手，被反銬在灰白的水泥牆上、紙張上，而失去了它原本該有的活潑不羈的想像。

那個年代也不流行閱讀，專門給兒童的出版品少得可憐，可看的故事書總是那幾本，一下子便看完了，剩下的，多是一些從坊間書店買來的廉價民間故事集，紙張粗黃，一打開，迎面撲來股難聞的油墨味，而裡面的文字粗糙不說，插圖也畫得十分潦草，多半是描述一些來自古代的、卻又時空不明的奇聞怪譚。我記得曾經讀過一則故事：妻子懷孕了，想吃橘子，便要丈夫去果園幫她摘，摘了一次、兩次還嫌不夠，妻子舔著貪婪的舌頭，吵著還要吃，這下子可把丈夫給惹惱了。他一氣之下，把妻子拖到果園綁在橘子樹下，惡狠狠地說：就讓妳吃個夠吧！而這一綁就是十個月，颳風下雨，日曬雨淋，妻子挺著大肚子，坐在樹下，衣服全腐爛了，雙乳暴露，覆滿了落葉和泥土，張大嘴巴發出絕望的哀嚎。

民間故事的插圖畫得怵目驚心，實在不適合給一個年幼的孩子看。但沒有辦法，我的選擇不多，書本極度缺乏，但我卻又偏偏求字若渴，而不是求知。到後來，只要看到是白紙黑字寫成的東西，不分青紅皂白我就拿起來讀，當沒書可讀的時候，我就蹲在陽台看外面的街道，就讀那些大大小小擠在一塊兒的招牌也好，上面一個個斗大的字在陽光下活了起來，閃閃發光。

我讀的小學規模很小，在北投和士林的交界處，關渡平原稻田的中央，一個年級只有三班，圖書館的童書屈指可數，其餘的，多是一些莫名其妙的書籍，不知被誰拿來塞在櫃子裡充數。我胡亂挑了一些借回家，原來是關於法律的書，書裡寫的全是些判例，有離婚的、詐欺的、謀財害命的，一則又一則，王某，李某，我卻把它當成是故事書在讀，讀得似懂非懂，只覺得它的用語怎麼可以如此簡潔，不管生死愛恨都是發生在一瞬間，三言兩語就冷冷地帶過。我把每一則判例反覆來回讀了好多次，想要在字與字的縫隙中找出些什麼，但竟是枉然，那兒空空如也。法律向來都是鐵口直斷，我的腦海中卻反倒因此留下了數不清的問號，當抱著那幾本厚重的書去圖書館還時，走在路上還茫茫然的，就連四周風景也彷彿蒙上了一層朦朧的煙。

後來，我才從大姊身上知道有租書店這種東西，但她也不領我，就叫我自己一個人去尋。我在家附近的巷子中轉來轉去，終於在巷底發現一個不起眼的狹窄小店，沒掛招牌，裡面昏暗擁擠又不通風，立滿了高到天花板的書架，中間的走道僅可容下一人，就連轉身的餘地都沒有。但我卻立刻愛上了那裡，從此沒事就溜到店中，坐在小板凳上看書，瓊瑤的小說因此被我讀到爛熟。我不敢待太久，怕母親發現，於是借回家躲在棉被裡，就著稀微的燈光，一邊讀一邊哭。那時還沒有電腦，租書店老闆把每本小說的前後都釘上了厚紙板，借書紀錄就寫在上面。我最喜歡研究那份借書名單，看看有誰像我一樣瘋狂，在同一本瓊瑤小說的厚紙板上，名字就出現過好幾次。就連老闆都驚訝，他問我同一本小說怎麼看不厭呢？他搖搖頭，但還是戴上一副貓頭鷹般的眼鏡，趴在店門口的小木桌上，一筆一畫在書的扉頁寫下了我的名字。

想起來也有點荒謬，我的閱讀生涯似乎有一個不甚健康的開始，而類似的租書店不知有多少，究竟是拯救、還是糟蹋了那些求字若渴的孩子？但它畢竟是我年幼的啟蒙之地，就像繁星點點落在每一座社區的巷弄盡頭，在蒙昧的黑暗年代之中，發出混沌又曖昧的微光，如同霧中的燈塔，遙遙地照向了一個在野地裡迷失方向的孩子。

我不只著迷瓊瑤小說，也著迷瓊瑤電影，就連母親也愛。

從國小一年級起，母親就帶我進戲院，那些電影都取了特別美麗的片名：煙水寒，白花飄雪花飄，月朦朧鳥朦朧，彩霞滿天，金盞花，我是一片雲。石牌沒有電影院，到了星期天，母親便帶我和三姊搭上公車，一路搖搖晃晃去士林的陽明戲院。早年的戲院多不清場，我們光看一遍還嫌不夠，反正無事，就乾脆坐在黑暗中，又接連看了第二遍、第三遍，把情節背到滾瓜爛熟。那時電影放到一半經常忽然中斷，燈光一時大亮，據說是因為跑片的緣故，而下半場的膠卷正在從另一個戲院十萬火急地送過來，而所有的觀眾只好坐在位子上癡癡地等，一等就是半小時，等膠卷一到，燈光暗下，全場馬上爆出一陣歡呼。

電影看完了，走出戲院，我們還捨不得走。母親牽著我的手站在戲院的玻璃櫥窗前，仔細看每一幅劇照，回味是出自於電影的哪個段落？要把它們牢牢地打印在自己的腦海。等到看足了，我們才走到隔壁的一間麵店，坐下來吃一碗清湯刀削麵，如此便打發了一整天，而我們也在不知不覺中，就走過了一段國片最輝煌的歲月。

年幼的我一心以為，士林是全世界最繁華的所在，食衣住行育樂的天堂，而我的台北地圖不是從中心開始繪製的，卻是反其道而行，從邊緣的北投山城開始，逐漸向南發展到士林為止，但那裡其實還碰不到所謂台北城的邊。陽明戲院因此被歸為郊區戲院，放的大多是國片，門口照樣擠滿了黑壓壓的群眾。我年紀小，個子又矮，不用買票，白白看了好多場電影，等到年紀大了，長得稍微高一些，母親就要我夾在人群之中，死命地往戲院門口鑽，大家你推我擠的，查票員也搞不清我到底是誰家的小孩？又因此蒙混過了好多次。七〇年代流行的瓊瑤片，我幾乎沒有一部錯過的。銀幕上的俊男美女陷入熱戀，不管背景是在海邊、在楓葉林裡、在雪地、在夕陽下，都距離我的生活太過遙遠，但奇怪的是我全懂，也會隨著劇情緊張憤怒，感動流淚，回家以後還深深地沉浸在其中。

後來我們搬到了另外一間大些的公寓，母親用木板把它隔成許多房間，分租給不同的人家。那些房客們閒來無事，常聚在廚房裡聊八卦，有一回，他們對我說，妳母親喜歡看瓊瑤片，喜歡到簡直有點病態，像抽鴉片的人上癮一樣，但說穿了，其實也不過就是一種心理補償。我不懂。他們又解釋說，那就是在現實中沒有的，都要在電影中找回來。這種說法我好像可以同意，但又不能，如果母親是為了補償，那不到十歲的我又是為了什麼？

我已經忘了最後看的一部瓊瑤電影，但沒有看到的，卻記得一清二楚，那是一九八一年《夢的衣裳》，正是我國小畢業要升國中的一年，我連主題曲都會背了。我吵著要看，母親卻一反常態地敷衍，我不懂她為什麼忽然不看電影？一直到我吵得不可開交，她才終於坐在床邊，抱著我，耐心地解釋說，從現在開始我們不能再進戲院了，因為我和三姊都長大了，必須買票，而票價漲了，她手頭上又有好幾個會軋不過來，錢很吃緊⋯⋯。她邊說我邊哭，恨自己為什麼要長大？母親又為什麼要標會？我哭到一室的燈光似乎也跟著黯淡下來，當確定看電影無望時，我躺在床上，用棉被蒙著臉，想像那一件「夢的衣裳」究竟長得什麼模樣？但越想越是心痛如絞。

從此以後我卻再也不鬧了，我開始會意到，現實有如一張逐漸緊縮且嚴峻的網，而它將會連一點點作夢的空間都不剩下。緊接著，我升上國中，每天被填鴨式的惡補、大考和小考壓得喘不過氣來，我開始忘了瓊瑤。值得玩味的是，那恰好正是瓊瑤電影走下坡的時刻，也彷彿標誌著一個台灣社會集體在戲院中作夢年代的結束。

也就是在這個時候，父親真正地離我們而去了。原本他一、兩星期就會出現一次，慢慢變成一個月一次，甚至再也不可期待。我終於明白，其實在法律上他早就不是我的父親，假象既被戳破，我們也沒資格要求他盡任何義務。假使他願意撥冗回來，也是出於一片好心或是憐憫罷了。這種想法讓我感到恥辱，家庭在我的眼前碎裂開來，但那裂痕其實一直都在，只不過是被我的天真之眼所忽略，而這時的我卻再也不能假裝看不見了。

當父親偶然回來時，他開著一輛福特跑天下轎車，米黃色的，他特別喜歡鮮豔的顏色，就怕自己不夠顯眼。我總巴望著有一天父親會開車來載我放學，好讓全班同學都看見，這個願望始終沒有實現，因為他只在假日現身，載我們去天母游泳池游泳，門票出奇的昂貴，只有有錢人才消費得起，但他毫不在乎。我是一個假日的公主，在平常的日子裡，我們卻似乎越來越窮。

在一九七五到八〇年之間，國際原油價格大漲通貨膨脹，台灣房價也跟著狂飆，母親把所有的錢都拿去作房地產買賣，好賺取轉手之間的價差。她的資本微薄到近乎可憐，只能靠標會，曾經一口氣標下十多個會，還被高度懷疑是想要倒會落跑。母親像一個賭徒似的，抱著各方集來的錢，拉著我的手走進一間又一間陌生的公寓。我眼睜睜看她如何和屋主殺價，品評好壞，買下以後，便開始寫紅單，趁著天還沒有亮就上街去張貼，貼完後又趕緊回到公寓中等候買主上門。母親總是騙那些買主說，因為父親被公司派去美國工作，所以全家準備跟著一起移民，才會急著要將房屋脫手。當母親在漫天扯起大謊時，我就在一個個房間之中乙乙遊走，假裝這裡果真曾經是我的家，想像我因此可能有了一種截然不同的人生版本：我的父親非常優秀，所以才被公司派駐到美國，而他現在正隔著一座藍色的太平洋，等待我們飛去一起團圓，在那兒陽光燦爛，有毛茸茸的綠色草坪，有迪士尼樂園，還有吃不完的紅蘋果。

但事實是父親已準備離我們遠去了，他早就看出我們骨子裡的窮酸和卑微來，他不屑。他自己正要爬上人生的最高峰，在林森北路開了一間婦產科，是和一個酒店女子合開的。我們前去探望時，坐在看診間氣派的真皮沙發上，父親特別指著牆上懸掛的大幅對聯，要我們注意看清楚落款，原來是立法院長倪文亞，然後他又得意洋洋地秀出手腕上的勞力士鑽錶。那隻錶他一直戴到晚年，去大陸探親和找女人時，都還得要靠它來撐場面，一直到快死之前，他才不得已脫下來拿去典當。我不知道還可以換得多少錢？但那時意氣風發的他決不會料想到這些，他說錢真的太好賺了，尤其是在這一條馬路上，每天只要打開診所大門，錢就源源不絕地滾進來，賺飽了，他把門一關便帶著女人四處遊玩。他根本瞧不起我們母女為了繳區區的會錢，三餐都得要吃高麗菜。

那高麗菜我吃到怕。

母親總是把它切成絲，用油和鹽巴炒成一大盤，吃不完放到冰箱裡，下一餐再拿出來配白飯，菜的邊緣早已發黑，就像一條條乾癟的迴蟲。我們扣剋著生活費，甚至連一間公寓都嫌太過奢侈了，沒有辦法創造多餘的價值，於是母親把原先的房子賣出，改買了一間附近的公寓，在一樓，是狹長的格局，整個房子只有一扇窗，就開在最前面臨巷子的房間裡，但為了防盜，又加上一層密密麻麻的鐵柵。它既不通風，又無處可以採光，而中間原本留有一座天井，也被違建加蓋出去，變成了廚房，悶熱潮濕陰暗之處，蟑螂因此長得特別肥大，就連膽子都大，在光天化日底下根本不怕人，四處亂爬亂飛，猖狂的身子被黃色燈泡一照，黑油油地發亮。

那間公寓唯一的好處是後面有防火巷，用鐵皮加蓋出去之後，又等於多出了兩個房間，再加上天井，原本僅三十坪的房子立刻膨脹了一倍不止。母親精打細算，用木板格成了十個房間，而我們只住其中的兩間，其餘的全號稱「雅房」出租給別人，最多可以同時租給八戶人家，全部共用一個廚房、兩間浴室，每天晚上煮飯和洗澡都得要輪流排隊。那是一個生人的氣味太濃、太重，以致連鬼魂和夢都無法插足喘息的地方。

而那一年，我九歲，正是小學四年級的暑假。從那時起，父親便幾乎不回來了，反正回來也沒有用。他坐在用木板隔剩下來的、權充為客廳的小小角落，一張破了大洞的藤椅上，瞪著一屋子陌生的房客在眼前走進，又走出，就連可以安靜下來說點私密話的空間都沒有。他總是坐在那兒發楞，坐了不久就說要走，後來便索性不再來了。至此，家已不成家，我因此再也沒有坐過他那輛米黃色的福特跑天下，再也沒有去過天母游泳池，而再過兩年，我們就連電影也看不起了，失去了窩在黑盒子中編織夢幻的權利，從此跌落在嘈嘈不休的現實人間。

在公寓中

流亡始於我們離開子宮之時，一個人的母親應該是他的真正家園。只有死亡才能最終將我們從這最終的歸屬中解放出來。重返家園只不過是重返母親的墳墓。

——諾曼・馬內阿《流氓的歸來》

那是屬於我童年啟蒙時代的一條街巷，漫遊的起點是我們落腳在台北的第一間公寓，在延伸了大約五百公尺以後，直到第二間公寓為止。

如今將近三十年過去了，這一條街巷的形狀依然沒有改變，仍然是狹窄而曲折，從清晨到黑夜人來人往的，就像是一條小溪流，兀自躲在城市的邊陲汩汩地流過。我這才知道，它並沒有因為我的離去或是這幾年來大台北地區房價瘋狂的飆漲，而出現過太大的變化。街道兩旁的公寓還是一樣老舊，甚至看起來更舊了，鐵窗的油漆也更加斑駁，不禁露出年歲黯淡的鏽來。

我站在街口，即使閉上眼睛，照樣可以看到它蜿蜒而下的輪廓，就在我的眼前清晰地浮現。是的，街巷的縱橫交錯沒有變，街名也沒有變，從「實踐」到「尊賢」，那一帶的街名都富有濃厚的勸善意味，從小到大，我不知道在這兩座道德的端點之間匆匆地走過了多少回。一切都沒有變，改變了的，卻是駐足在街上的人，他們的臉孔陌生而且不識。但這一回，真正的陌生人應該是我才對。我沿著街走下去，遙遠的記憶一一在舌頭的味蕾上重新復活。

我走過巷口。在轉角處賣花枝羹的女人，早已消失了好多年，我曾經一直夢想著她能回來，每次走過那兒，卻還是空蕩蕩的紅磚牆，心中沒來由的就起了一絲悵然。我再也不曾在別處吃過那樣美味的羹了。她先把花枝切片，裹好粉，放入籠內蒸熟，然後取出來，一顆顆晶瑩渾厚冒出熱氣，再加到煮好的麵上。我還記得那女人的臉孔，就像花枝一般的細白光滑。我也記得她微低下頭去煮麵，頸項美好的弧度隱在霧濛濛的水蒸氣之中，而那蒸氣的味道好香，讓我嚮往著長大以後也要去賣麵，覺得那就是一份天底下最美好的職業。

沿著街再往下走，到了鐘錶行的騎樓，是賣早餐米粉湯、豬血和油豆腐的位置。我最記得他拿來切皮蛋的工具，是一條末端綁著銅板的白色棉線，懸吊在攤子旁，微風吹來，銅板便敲著鐵柱發出叮叮噹噹的響。而再往下走去，便是昔日用木板和波浪板搭成的舊市場。我記得入口的左手邊有一攤天婦羅，每一次去，我都狼吞虎嚥把它快快地吃完，就為了拿著空碗，請老闆再添上一碗甘美的湯。但那座舊市場卻是又髒又臭的，家禽宰殺過後落了一地泥濘的羽毛和內臟，混合著魚攤刮下來閃閃發亮的鱗片，隨著黑色的污水流過了我的腳邊。如今市場早就被拆除掉了，而天婦羅攤當然也隨之消失不見，就和巷口賣花枝羹的女人一樣。

有些臉孔卻始終還在。我一看到便怔住了，就像和多年不見的老友乍然重逢，私下不禁竊竊地歡喜起來，但只有我認得她們，她們卻不認得我。那是落在街尾的兩家豆花攤，彼此相對，隔著一條十公尺不到的街。兩攤都是女老闆，也都長得好像，臉孔如白絹，垂在肩上的黑髮乾淨地梳攏到耳後，猛然一看，幾乎讓人誤以為是孿生姊妹。自從我第一次走到街尾時，她們就坐在攤子的後面了，直到如今也都還在，沒有哪一家倒閉，彷彿彼此可以這樣理直氣壯、地老天荒的一直賣豆花下去。而當生意清淡時，她們就各自坐在鐵凳上，翹著腳，膝上攤開來一本小說，靜靜地讀著。她們是一道凝固在街尾的永恆風景，而不管身旁的流水年華，就這樣一日又一日悄然地逝去了。

我用食物來記憶這一條成長的小街，只因胃腸才是真實且灼熱的，它們不變質，也不輕易撒謊，在我體內留下了一道道溫暖又短暫的歡愉，宛如一束擦過黑夜的燦爛火花。

我們沿著這條充滿了食物和市場氣息的小街，從一間黑暗的公寓搬到了更為黑暗的公寓，在一樓，母親用木板把它隔成了十個房間，只留下中間一條走道，而兩邊全是夾板牆，沒有所謂的通風採光，即使在白天屋內也伸手不見五指，終年累積著泥土潮濕的霉氣，就和夜晚沒什麼兩樣。

這間一樓公寓只有一扇對外的窗，卻因為緊臨巷道根本開不了，大概連原先的設計者也發覺不對勁了，所以特意在屋子的中央鑿開一座天井，好讓陽光從上方灑進來，但是也沒有用，這裡早就不知被誰用鐵皮和木板加蓋出去，變成了一座小小的廚房。下雨天時，雨點落在廚房的鐵皮屋頂上劈哩啪啦響，宛如是千軍萬馬奔騰而過，雨若是下得再大一些，水便沿著天花板的縫隙涓涓流下，我們一邊炒菜，一邊還得要打傘。廚房的地磚上始終汪著灘水，眾人踩來踩去成了泥漿，但也沒有人想要去擦，反正再怎麼擦也乾不了。

我在這間公寓住了八年，從國小到國中幾乎度過大半的成長歲月，我發誓將來一定要離開它，離開這種連上廁所都是大家共用一個馬桶，甚至一塊肥皂的生活。在那兒彷彿沒有門，也沒有牆，是一個高度流動的開放空間，不管是誰都可以隨意走進我最私密的生活，把埋藏在其中的污穢和崇高全都看得一清二楚。那是一個毫無神聖和詩意之處，沒有後退的餘地，更無一點曖昧的距離可言，只有每分每秒近逼到眼前而不得不去目睹的、赤裸裸的生活真相。

然而這麼多年來，我卻也始終忘不了它，忘不了那暗影幢幢的空間，宛如躲在城市角落的黑洞，一座城中之城，更忘不了被它張口吞吐出來的那些來無影、去無蹤的房客。他們是出沒在第四世界的異鄉人，移民者，職業不明，流動性非常高，總是住不長，有的來時不知道他的身分，去時也不曾打一聲招呼，房租沒有繳，便帶著身邊僅有的幾件衣服，無聲無息悄悄地消失掉了。我們還得要勞動管區的警察才能開鎖，而門一打開，就看見滿地全是垃圾，過期的報紙，吃光的便當盒，不要的舊衣物，全被扔在地板上，但它們卻還捨不得主人似的，依依散發出那些房客身上的味道。

我常想他們究竟到哪裡去了？如今是否也找到了安定的居所？或是仍然在漂浮四方？他們多半是輾轉流浪在社會邊緣的人，而人生的下一站經常就是監牢。我們家房客最常見的是違反票據法和詐欺。曾經有一個中年男人，就住在廚房旁邊的木板隔間裡，後來登上了社會版的頭條，說他是橫行港台兩地偽造文書騙財又騙色的累犯。報紙黑白照片中，他垂下頭戴著手銬，一臉柔順的神情，就和坐在我們公寓客廳裡看電視時一模一樣。也有甫出獄歸來的房客說，他在獄中同寢室的牢友，竟也曾經是我們家的房客，兩人一見如故，又更親密了幾分。於是一個比公寓更加幽暗的神祕世界，監牢，罪惡的孢子，竟被他們一一帶了回來，像瘟疫般在這裡傳染開來。

就連一對看似充滿朝氣的年輕夫婦，丈夫在國營事業上班，妻子當幼稚園老師，也被莫名地捲入了厄運。當妻子才剛發現懷孕，兩人歡天喜地準備籌錢買房子時，丈夫工作的單位卻爆發了弊案，他被抓去關一年多，據猜測，很可能是在牢裡遭受到非人的虐待，所以精神上完全崩潰了，最後以保外就醫的名義出獄。出獄之後，他成天穿著一件破了大洞的白背心和短褲，坐在客廳一把靠近紗門的藤椅上，就著巷子洩入的天光看報，看完了，就在公寓中那條黑暗的走道上獨自默默地走過來，又走過去。他的個子非常高，頎長的背影忽而被黑暗所吞沒，忽而又被吐出來，反覆不休。而他的妻子總是抱著初生的男嬰，來我們的房裡，坐在床邊訴說打官司的過程，但他自己卻從來不說，在牢裡到底發生了什麼？就連對妻子也不肯說，他幾乎變成了啞巴。

我始終忘不了他們。這些房客如同浮萍一般聚合在公寓裡，爾後又默默地朝向四方散開，但就在那八年之中，我因此見識過的人們竟超過了後來人生的總和。我甚至有一種錯覺，以為他們包括我自己，至今都還被困在那一條黑暗的走道裡，被那噩夢之獸來來回回地吞吐吸納著，就是找不到一扇對外的窗戶可以逃出。

租下我們公寓的，大多是一些初來乍到台北城的異鄉客，但他們卻不是浪漫的波西米亞人，而是一群在社會經濟轉型之際掙扎以謀生存的、蒼白而貧血的身影。我還記得第一個入住我家的房客，是一個長相俊秀的推銷員，他每天穿上燙得筆直的白襯衫和黑領帶，一早就出門。在搬來後沒幾天的某個清晨，我們發現他暈倒在浴室中，口吐白沫，手腳不斷抽搐著兩眼往上翻，原來是癲癇症發作，好不容易清醒過來了，他連忙從瓷磚地上爬起，襯衫濕了好大一塊也來不及換，便匆忙趕去上班。後來，他又陸續發作過好幾次，都是在清晨，一個多月後，他就默默地搬走了，來去淨是自己一個人。

又有一個房客也是在當推銷員，身高一百八以上，剛從大學畢業，據說從前還是學校的風雲人物，籃球校隊兼柔道社長。每天他把要推銷的機器放在紙箱中，綁到一台野狼一二五的後座，再戴上一頂有紅色條紋的安全帽，噗噗噗地出門，等到晚上回來，停好機車，他再把紙箱拆下來抱回自己的房裡。日復一日，早上晚上，他把同樣的一個紙箱搬出又搬進，但機器卻始終推銷不出去，就連我們都忍不住要為他著急。等到月底該繳房租了，他便黯淡著一張臉，抱著紙箱快步地躲回自己房裡。房租積欠倒還勉強說得過去，過沒多久，母親卻在垃圾桶中發現一個藥包，他居然得了肺結核。這下子可不得了了，非把他趕走不可，任憑誰去求情都沒有用。所以最後他終究是搬走了，難堪地，垂頭抱著那一台賣不出去的機器，以及一丁點可憐的家當，全都綁在機車的後座，再戴上那頂安全帽噗噗噗地走了，消失在黑夜的巷子盡頭。

還有一對從宜蘭來的不到二十歲的年輕夫妻，國中畢業，住在公寓的最後面，是房租最便宜的一間，因為那兒是防火巷搭出來的違建，空間很小，僅容得下一張雙人床和布櫥，就連走動的餘地都沒有。為了省錢，母親索性連牆和房門都不作了，就裝上一道塑膠拉簾，拉好之後再扣上一只小銅鎖，權當作為隔間。而那房間幾乎緊貼著後排公寓的背面，恰好正對一家燒臘店的廚房，每天從早到晚煙囪呼嚕嚕地響，刺鼻的油煙味滲透進來瀰漫小小的房內，嗆得人無法呼吸幾乎流下眼淚。

那丈夫在做泥水工，皮膚曬得烏黑，眼仁嚴重的發黃，除此之外他的長相我已記不清了，只記得每晚下工回來，他渾身汗臭，低著頭，也不和人打招呼，就沿走道一直往公寓無光的深處匆匆地走去。然而他的妻子H我卻記得一清二楚，她的身材高眺纖細，皮膚雪白，一雙眼睛又大又清亮。她整天窩在那一間充滿油煙味的房內，把一歲大的女兒抱在胸前餵奶，很少走下床來。她的女兒雖然年紀還小，卻已經是個美人胚子，五官比起母親還要細緻，還要美，取名依萍，正是瓊瑤小說《煙雨濛濛》中女主角的名字。

我不知道是否H的美太過奇特了，和這一間窄而霉小的破舊公寓太不協調了，其餘的房客居然都瞧不起她。我這才知道，原來在公寓中也是有階級之分的，毫無疑問，住在最後一間房的，便是最窮的人。大家總是故意在H面前大聲地笑她窮，又笨，一點也不避諱，說天氣這麼熱，H餵奶時露出來一大片白嫩的胸脯，也不把塑膠門簾拉上，就不知道是想要勾引誰？還說前兩天擱在冰箱裡的一塊豬肉不見了，想必是被H偷吃了吧，還特地跑去H房裡檢查她桌上擺的是什麼菜？他們又說，H老喜歡醃黃瓜，是傳統的家鄉菜，卻不知道摻入了什麼，搞得整個公寓都是一股臭酸味兒。就連我們小孩都知道可以欺負她，當她一手抱著鍋碗瓢盆，一手抱著比她還要美麗的小女兒走進廚房時，我們就會立刻捏起鼻子，皺著眉頭大喊好臭，好臭。

但H從來不生氣，也不還嘴，她講話的聲音比蚊子還要細，嗡嗡嗡的總沒有人聽得清。她只是睜著那一雙瓊瑤小說女主角才會有的美麗大眼睛，帶著微微的驚惶和天真，瞅著我們，然後把女兒按在她的胸脯前，不吭一聲溜回那間鐵皮房內，坐在她的床上。而這一晃眼就是三十年過去了，我卻彷彿還能看見H坐在那兒，她盤起左腳，右腳垂落在床邊，露出了潔白修長、看不見一點毛細孔的搪瓷般的長腿。房間裡的空氣被夏日豔陽和燒臘店的煙囪烤得灼熱，幾乎快要熊熊燃燒起來，但她卻彷彿冰肌玉骨不會冒汗，她只是靜靜地打開胸前衣服的鈕釦，把黑色的乳頭塞入女兒的嘴中。我一走近，她抬起頭來注視著我，彷彿維梅爾畫中的女人，而時光如夢似幻，就靜止在她眼神的一瞬間。

◆

我不能忘記H，或許不是不能忘記她的美麗，而是不能忘記自己曾經有過的殘忍，那毫無道理可言的殘忍。住在公寓裡的人們無須串通，便自然而然結成了欺壓的共犯。所以是誰說過，窮人才會幫助窮人的？在這裡，窮人踐踏的卻是一些比自己還要窮的人。

很多事情一落入這兒，便沒法理解。就在這間公寓的某個房裡，某一個夜晚，K的生命萌芽了，而從那一天開始，他便注定要眼睜睜地從母親的子宮中注視著這一切，注視輾轉流竄在木板隔間之中的八卦流言，注視他的父親如何被捲入工作單位的弊案，而抓到牢裡關了一年多，注視他的母親如何挺著日漸隆起的大肚子為官司奔走，抗議分明是上級的長官貪污，卻全都推給下屬來承擔，到後來，就連她自己在幼稚園的工作也無暇顧及，只好改成了兼差。懷孕後期，她的一雙小腿水腫得特別厲害，每天晚上都坐在我們床上，一邊對母親和我描述訴訟的過程，一邊來回按摩青筋浮露漲到發亮的小腿，還掀起衣服，給我看肚皮上張牙舞爪的妊娠紋。但她卻始終沒有在我們的面前掉過眼淚，還是努力地笑。

當K出生時，父親還在獄中，他母親獨自到醫院產下了他，當父親出獄時，K已經快要一歲，原本以為苦盡甘來，一家人可以好好團聚了，但沒有想到艱難的時刻才要開始。他們猜測K的父親是在牢裡受到性的不堪虐待，所以才會精神崩潰，出獄後回家看到陌生的兒子，他連一點欣喜的表情都沒有，既不肯抱、也不肯多看K一眼。他甚至連一句話都不說，整天就坐在我們公寓的門口看報紙，一看便是好久。

乍看之下，K就和一般的小孩一樣，外表並沒有任何異狀，若說真有什麼奇怪的地方，那就是老喜歡用自己的頭去撞牆。他才是一個剛剛學會坐的嬰孩哪，卻彷彿自虐似的，不停地用自己小小的、柔軟的頭去撞牆，任憑我們怎麼拉都不聽。而他的父親始終面無表情，坐在一把大藤椅上愣愣地看著眼前的一切。他們父子兩人的眼神沒有交集，彷彿各自封閉在一個神祕的世界裡，只把K的母親孤零零地拋在一旁。

直到三歲時，K才被診斷出得了自閉症，但在這之前，我們都以為他是不愛講話，就像他父親一樣，甚至以為是智力有問題，卻怎麼看都不像。他的動作比平常小孩要快很多，一走進門，就拔腿四處奔跑，到處摸，到處瞧，然後像隻小狗似地把鼻子貼在家具上到處聞，好像對一切東西都很感興趣，但久了之後，我們才發現，他似乎並不把任何人和事放在心上。

後來他們搬走了，搬到剛懷K時夫妻兩人準備買下的新家，那時還只是一間預售屋而已，他們拿著房地產的廣告單，一遍又一遍構想著將來要如何布置和裝潢。K的母親打死都不願意放棄那間房子，她咬緊牙繳房貸，就像不願放棄有朝一日自己的丈夫會康復，而K會忽然打開心房的夢想。雖然搬走了，她還是常常回來，騎著一台破舊的小綿羊，讓K站在前方的踏板上。她停在門口，脫下安全帽就大喊我們的名字。我們一直期望能從她的口中聽到好消息。但沒有，K的母親只是回來找我們說說話。她還是一樣的活潑愛笑，笑容中陰影卻越來越多。然而有一回，她顯得特別開心，緊握住母親的手，說她終於知道她的丈夫和K為什麼會這樣了？

「這都是業。」她肯定地說，這個想法竟然比起醫學和法律，都更能夠還給她一個公平的解答。她又說，因為彼此都是苦命的女人，所以她說的我們會懂。

K從來沒有開口叫過一聲媽媽，或爸爸。他不會使用語言，但對氣味卻特別敏感，據說，這類自閉症的孩子只要一聞過後，就會牢牢地記住終生不忘，所以那間混合霉味和人體氣味密不通風的公寓，如今恐怕還居住在他的鼻腔之中。他用這種方式來記憶一切，甚至是表達內心的親愛。他總是用雙手抱住他母親的頭，把鼻子深深地埋入她的髮根之中，然後用牙齒咬住頭髮，喃喃地念道：「咬妳咬妳。」原來是在K小時候，他母親喜歡抓起他的手臂，好玩地親啄一下，說：「咬你一口。」而這件事不知怎麼的，卻被他特別記住了。那是他唯一會說的話。

最壞的時光

憂懼是一項自然法則：是意識裡害怕空虛。對事情的想像正在成形，卻突然發覺沒什麼可想像。然後她就摔下來，像一個卡通人物，發覺很久以來一直只在空中持續走著一樣。

——彼得・韓德克《夢外之悲》

朋友幫我看紫微命盤，說我命中最壞的一段時光，是十四到二十三歲，而最好的呢，是一〇四到一一三歲——「假如妳活得到那時候！」他笑得很是得意。

經他這麼一說，我心中倒是一驚，紫微居然這麼準！最好的時光應該是熬不到了，但最壞的，到目前為止，我心中卻是一清二楚。原來這一切早在上帝的簿子裡記載分明，我疑心地看著命盤：地空、空亡、天哭、白虎……，一堆壞字眼，全集中在同一段時期裡。我看得恍惚，卻不禁聯想到《紅樓夢》第五回，賈寶玉遊太虛幻境乍見到十二金釵正冊的情景。

十四歲那年，我正在讀國三，我們終於搬離了石牌的公寓，從人影幢幢氣味濃郁的黑盒子爬出來。那是在八〇年代初，物價已漸趨穩，炒作房地產的熱潮也過了，母親再不能透過買屋和賣屋來賺取利差，而那也正是台北開始要邁入另一個階段，蛻變成為一座以邊陲新市鎮和新社區大型開發案為主的城市。昔日沿著一條北淡線鐵路右側發展的舊北投，早已呈現飽和的狀態，然而鐵道的左側過了磺溪之後，卻還是一片遼闊的荒煙蔓草，綿延而去跨越一條新開的大業路，便是關渡平原保護區，一顆都市最後的美麗綠色心臟。母親在大業路底北投的後火車站附近，也就是今日的捷運站旁邊買了一間二十幾坪的二樓小公寓，如今那一帶熱鬧異常，辦公大樓和商務旅館林立，但在三十年前卻是截然不同的面貌。我甚至以為，那是北投變化最為劇烈的一塊區域，當年只見蕭條無人煙的草堆和零星的農田，緊鄰著番仔厝，一個日據時代北投最後的平埔族部落。但那時的我對這些歷史卻一無所知，只知道我們家是天蒼野茫之中最早建立起來的社區。

雖然那社區緊鄰火車站，但因為是後站的緣故，竟鮮少有行人走過，和前站所在的擠滿了商家店鋪的老北投，以及一條狹仄綿長、貫穿小鎮密密麻麻樓房的中央北路，宛如是兩個涇渭分明的世界。而它也不像老街上住宅總是和商店、市場緊密地鑲嵌在一起，彷彿一幅令人眼花撩亂的馬賽克拼圖，在這兒，出現了新式的郊區廉價大型集合住宅，或許是政府為了平抑房價所祭出的對策。這些新公寓一蓋就是一大片，長得全一模一樣，方方正正四層樓，外觀貼上那時流行的白色丁字掛磚，就如同國宅一般的單一化、秩序化，既無個性，也無生氣。社區四周被寬大又筆直的新開巷道環繞，鋪好沒多久的柏油瀝青黑到發亮。就連路旁的樹木也是新栽的，身材又瘦又小，頭上頂著幾片稀落的綠葉，歪歪倒倒站在紅磚道邊，底部用四根木架交叉支撐起來，活像是一個個行動不良的老太婆，反倒為這個空曠又偏遠的社區更增添了幾分蕭索。

社區的公寓大多被分成一塊塊ㄇ字形的聚落，建築師的原意，可能是希望透過這樣的格局來締造左鄰右舍之間的互動，以及自成天地的溫馨感，但遺憾的是似乎沒有，一股內向又封閉的死寂，靜悄悄地被含在ㄇ字的口中。這裡彷彿是一塊從都市邊緣脫落下來的痂疤，而居住其中的人都在不知不覺之中，就被馴化成了一個個沉默的穴居者，下班回家以後就不再踏出大門一步，反正也無處可去。於是集體感的缺席、疏離和匿名性，使得社區從早到晚幾乎見不到人影，只有一間賣陽春麵的簡陋小店，還只是偶爾才會開張，打開門，簷下懸吊著一盞青白色的日光燈。而店裡就光賣麵，僅有一種選擇，道地的陽春，灑幾片青菜浮在白色的麵條清湯上，滷味小菜一概都沒有，所以連菜單都可以省下來不必寫了，而煮麵的老婆婆臉上也只有一種表情，問她什麼都懶得開口。

但不管如何，我們總算有了一個屬於自己完整的家，這麼多年來，終於不必每天盯著陌生人在眼前出出入入。公寓裡有三個房間，大姊去美國了，母親一間，二姊一間，我和三姊一間。母親為每間房添購了新的衣櫃和梳妝台，成套的，小巧可愛，綠色、紫色和粉紅色。二姊坐在粉紅色的梳妝台前，對著鏡子梳頭，這時她已經大學畢業，在一間汽車公司當祕書，一頭黑髮留得很長，柔順光滑地披在肩膀上，而讀國中的我卻還只能剪西瓜皮。我靠在房門邊，著迷地看著她的長髮，她卻忽然把梳子一放，嘆氣說，這是她生平第一次擁有自己的梳妝台哪。

我從玻璃鏡的反射中看見二姊垂下睫毛，彷彿微微地顫抖了起來。我才想起這二十多年來她總不得歸家，一直在外面四處寄居流浪，如今好不容易才可以暫時在這兒歇歇腳。但那座梳妝台二姊卻用不了多久，因為一個月後她就要結婚了。她唯一的要求就是要辦一場風光的婚禮。她要氣派地從這個家中出嫁。當長長的黑色禮車隊伍魚貫地開到公寓樓下時，二姊裹著一身晶瑩璀璨的白紗，被我們扶著，緩慢又笨重地一步步走下樓梯，禮服滑過了磨石子地簌簌作響，讓人想起了陽光下蜻蜓不斷閃耀起一雙透明的翅膀。二姊走出公寓大門，鑽入一台豪華的賓士車中，然後搖下車窗，丟出一把扇子，由我去撿。我彎下腰，再抬起頭的一剎那，車子已然向前滑行了，而二姊側過頭來回望著我，回望這一間公寓，但她的臉卻遮掩在白紗之後，我忽然想張口喊她，已經來不及了，當聲音還哽在我的喉頭時，車窗玻璃就又緩緩地搖上了。迎親的鞭炮劈哩啪啦燃放起來，紅綠碎花繽紛飛舞，眼前升起了一陣陣比樓房還要高的嗆人煙霧。我握著扇子，茫然地站在ㄇ字形的空地上，一時間，彷彿所有的人和車全都消失不見，只留下我一人而已。

只留下我一個人在這裡。

二姊出嫁了，幾個月後，三姊也到嘉義讀農專。我們家忽然只剩下了我和母親，兩人相對。我鎮日在空蕩蕩的公寓之中遊走，走著走著，彷彿一不小心就會浮上天花板，被吸入亮晃晃的日光燈中，只差沒有像張愛玲〈傾城之戀〉中的白流蘇，在新刷好的油漆牆上，按下一個又一個蒲公英般的指印。我日夜期待許久的家，如今好不容易是有了，但卻沒有料到，它其實只不過是一個水泥灌注而成的空殼罷了，而裡面的人竟已各奔天涯，從此以後，再也不復聚攏。

我忽然從一間生人擁擠氣味相聞的公寓，掉落到一個空寂的角落裡。冬日一來，這個社區的四周更顯得荒涼了，高大的野芒從草叢中拔地而起，四野風大，芒花嘩啦啦地吹搖給人一種遍地落滿了白雪的錯覺。放學以後，我走在一個人影都沒有的巷道中，一切都是漠漠的，嘴巴似乎乾涸得發不出一點聲音。

但母親賺錢的念頭卻是從來沒有斷絕。或許因為人煙稀少，那一帶的公寓實在便宜，母親不知從哪兒生出來的點子，又貸款在社區遙遙的另外一頭買下一戶一樓的公寓，坪數更小，把原來的隔間打掉之後，改成了一間小小的撞球店。二十年之後我在大陸旅行，走到西北邊陲的一些偏僻小城時，便經常看到和我家類似的撞球店，彷彿穿越時光隧道又重新回到了我的眼前。那些店在家門口擺著一張球檯，而幾個男人一手拿菸一手握著球杆，圍在檯子邊打球，午後陽光斜斜地照入幾乎見不到什麼人影的小城，照在墨綠色的撞球桌布上，浮起了一道道清晰的皺紋，還現出了好幾個破洞，球一撞出，路線都因此歪了，失去了準頭。他們不禁一邊打，一邊咕噥著埋怨起來，把菸蒂扔到腳底下忿忿地踩熄，但也無可奈何，誰叫這裡只是一個什麼都沒有而被人遺忘了的小城呢？他們只能繼續打下去，彎下腰，瞇起眼，還是努力將杆子對準了球，白色的陽光落在他們脊背弓起的弧度上，濛濛地發亮，彷佛這是一道悲劇性的抗議手勢，而我凝視著那道弧線，就不禁回想起那些來母親店裡撞球的人。

那間店因為靠近大業路，人煙稍微多一些，但也好不到哪兒去，我們算是社區中最早做起生意的人家之一。但母親對於這個行業一點概念都沒有，就是天真地拉起了鐵門，在原本是客廳的空間裡，硬是塞進了兩張撞球台，房間再塞入一張桌球桌。長度雖然是夠了，但寬度卻明顯不足，客人只要一拉杆，就會撞到牆壁，所以他們總是邊打邊罵，氣得用杆子砰砰砰地敲牆，但依然是照打不誤。因為能怎麼辦呢？他們別無選擇，在這個新興而偏遠的城市角落裡，一切都是陽春的，也只好將就。

母親偶爾叫我去幫忙，我總是板起一張臉孔，拿粉筆計分，排球時，又故意把球丟到桌面，咚咚作響。店裡面養著兩隻小白兔，長得很肥，幾乎塞滿了整個籠子。我們不餵飼料，每天跟路邊早市的攤販討一些他們不要的菜葉，鋪在鐵籠上給兔子吃。青菜多水，鋪久了，葉子變得又腥又軟，流出一絲絲黏膩的綠色汁液，兔子吃了以後一直尿，整個撞球間因此瀰漫著一股腐爛的菜味夾雜著尿騷味。我坐的板凳就在兔籠子旁邊，公兔吃飽了沒事幹，也無處可以跑跳運動，便老是喜歡趴在母兔的身上做愛，一做再做，也不嫌煩，肥大的屁股顫抖起來超級快，就像電視廣告中裝了金頂電池似的，眼神專注又肅穆，卻總是引來打球男孩的一陣哄堂大笑。他們輪流走過來，把球杆伸進籠子裡，惡意地戳弄公兔的下體，硬是要把牠們倆分開。而我坐在一旁，冷漠地看著這一幕，從來不阻止，我連自己都救不了，還管得了兔子？

當不用顧店的時候，我大多是一個人在家裡。大業路尾一帶實在荒涼，晚上陷入黑漆漆一片，遠方草叢中的狗吠，蛙叫，蟲鳴，全都歷歷分明，聽起來格外教人心驚。母親每天一下班就直接去店裡，一直到半夜十二點後打撞球的人都散了，才會回家。在這段時間中我一人無聊，悶得慌了，就站到陽台吹風，望著社區ㄇ字形中央空無一人的廣場發呆。住戶有時在那兒辦喜酒，搭起了宴客的棚子，風一吹過，塑膠布便劈哩啪啦地響，露出來棚子底下一張張紅漆的大圓桌面，像是一朵朵豔麗的花，周圍還有數不清的黑色頭顱在熱鬧地鑽動著。台上幾個女孩在跳脫衣舞，握著麥克風又唱又跳，閃閃發亮的魔鬼燈在她們頭上轉啊轉的，轉得人頭昏眼盲。我趴在陽台欄杆往下望，夜風中湯湯水水的菜餚混合著啤酒和紹興的氣息，迎面一陣接一陣撲來，在我腳下滾成了慾望沸騰的雲海，但我卻覺得好像不在真實的人間，反而更像是踏入一場聊齋中令人茫然失措的夢魘。

有時，母親忘了東西，騎腳踏車從撞球店跑回來，但她也不上樓，就站在廣場上大喊我的名字，要我把東西丟下去。或許是因為她太常喊了，我的名字居然被對面三樓的一隻八哥鳥給學去了，從此，那鳥每天喊著「譽翔譽翔」，從早到晚喊個不休。我的名字就在ㄇ字形的社區中反覆迴盪、飄落，寂寂地落在豔陽下，月光裡，一直落到黑夜的最深處，就好像是秋天的落葉紛紛。

三姊在嘉義讀書，學校裡有畜牧科，她從農場中帶回來兩隻斑鳩，長得豐滿又漂亮，養在陽台的籠子裡。沒多久母鳥就下了蛋，每天忠實地蹲在巢中孵著。某一天早上，我醒來，卻看見陽台上散落了一地凌亂的羽毛和飼料，籠子被整個打翻了，公鳥躲在角落裡瑟縮發抖，但可怕的是母鳥，牠的頭被從柵欄裡拉出來吃掉了，只剩下脖子以下的軀體，因為卡在籠子出不來，那斷裂的傷口凝滿了黑色的血塊。我在地上找到牠們的蛋，但上面卻被鑽了一個洞，把其中的卵吸得一乾二淨，而那洞是如此的精緻小巧，簡直就像是工匠鑿出來的一般。我捧著那一顆潔白卻脆弱的蛋，站在陽台上哭了許久，忽然覺得，頭頂上藍色的天空高而遠，高得彷彿要離開人間而去，再也沒有一絲的留戀，而這個社區也並非我原先所想像的那樣和平與安寧了。

或許有某種不知名的怪獸，正潛伏在茫茫的草叢之中，伺機而動，隨時都會越過陽台的欄杆竄進來。但一直到我考上大學搬離大業路為止，我還不知道是誰殺了我的斑鳩？至於那隻呼喊我名字的八哥，卻一直都在，搬家那天，所有的家具都被運上卡車，捆上繩索，我跟隨工人一起跳上卡車的前座，在離開這座ㄇ字形的社區時，我還聽見那隻八哥在頻頻地呼喊我的名字，譽翔譽翔，聲音高亢尖銳，又帶了點莫名的哀戚和急促，好像是在對我說牠依依不捨。

寂寞的痛苦與孤獨，忽然越來越清楚地淹沒了我。

在這之前，可能是年紀太小，身邊又都是嘈雜來往的公寓房客，宛如走馬燈光影日復一日迎面打來，打在我應接不暇的眼瞳上，我還來不及消化，然而如今一夕之間卻全都安靜下來了，天地之間崩然一聲上下裂開，只將我一個人孤伶伶地拋出來。

而我們也早就習慣父親的不在。他從一個星期出現一次，到一個月、半年一次，到最後只在除夕夜現身，但大半吃完飯就會走人。後來，他或許見我和姊姊長大成人了，可以稍稍卸下責任，所以就連除夕時，分明說好了要回來，桌上也幫他擺好一副碗筷，還有一早特意去市場買來他最愛的醬牛肉配大蔥，然而我們左等右等，直到夜深人靜肚子餓得咕嚕嚕叫，父親還是不見人影。在那年頭沒有手機，一個人若是刻意要失蹤了，便是落入茫茫大海，煙水渺遠，任憑你呼喊到喉嚨沙啞也還是一片虛空。可恨的是，他不回來吃飯也不說一聲，或許是心虛的緣故。要等到年後，一切事物全都回復平常的秩序，他才又會忽然幽幽地冒出，回憶起除夕那一夜，就啊地一聲裝傻，呵呵笑起來說不好意思，原來他是和朋友跑出去玩了，而一玩就什麼都忘了。

在類似事情連續發生了幾次之後，我們再也不必費心多擺一副碗筷，就這樣，父親連著那一盤醬牛肉，從此悄悄地在我們除夕餐桌上消失。我們開始愛吃火鍋，因為隨性又隨意，不拘人數多寡，先來後到，隨時可以開動，所謂的團圓夜似乎是應付了事。然而等到母親開了撞球店，除夕夜我和三姊備好火鍋，左等右等，卻也不見她回來。打電話過去問，原來是有一個男孩在店裡打球。男孩的父母不知為何都不在家，只留下他一人，而我們住的一帶本屬郊區，原來就很荒涼，除夕夜更只有無家可歸的野狗，三三兩兩，在清冷的路燈之下盤旋出沒，眼看著附近只有一間撞球店還亮著燈，所以男孩走上門去，央求母親讓他打球，好消磨這漫長難耐的一夜。他一個人就在店中打到半夜一點多，全身精力都消耗光了才肯走，而母親也才急急拉下鐵門，趕回家裡。她就為了賺那一分鐘一元的撞球錢，錯過了除夕夜，而桌上的火鍋早就冰冷了，上面凍結著一層肥厚的白色油脂。

那一夜，我也不記得自己吃了些什麼？反正團圓不成，就瞪著電視上蔣總統出來拜年，發表除夕談話，他的口音難懂，而接下來賀歲節目更鬧哄哄的不知所云。我腦海卻一直浮現日光燈下一間小小的撞球店，男孩獨自一人趴在檯上打球的畫面。球落袋時發出來的咚咚巨響，彷彿一記記打在空虛的胃裡，比起平日更要驚人好幾分。而母親也變得那樣遙遠且冰冷了，難以理解，她把賺錢當成了一種責任，原本是為了拉拔幾個小孩長大，但責任一盡久了就變成習慣，一種自虐的惡習，讓她忘記了目的，而只記得過程，她以此自苦又自樂，也企圖把我們一起拉入這個沒有出口的金錢漩渦之中。

而我咕咕地直往下沉，本能地拒絕，我起先是憤怒不解，繼而是悲哀和冷漠。日後偶爾輪到我顧店時，午後無人，我也獨自玩起球來，抽杆拉杆之際總是有一種說不出來的暢快。我最喜歡走到牆邊拍石灰袋，去掉手上的汗漬，卻拍得一室盡是霧濛濛的灰，嗆到眼睛裡鼻子裡，就像走在雲霧之中無端就起了一陣悵然。我拿起球杆，斜倚在球台邊，啪的一下球俐落進洞，因為實在看太多了，自然而然也就練出了一副好身手。然後我再面無表情地走到下一顆球的位置，瞇起眼，對準了，將全身的精氣神全都一股腦兒凝住到杆尖上，但一抬起頭，卻見到屋門外盡是滿滿的白光，除此之外什麼都沒有。我不禁又會想起除夕那一夜，獨自在這兒打球的男孩，以及他背後所點點浮現的、各自散落在城市隱密角落的身影——我那不知流浪到哪兒玩樂的父親，坐在撞球店中死守時鐘分秒攢錢的母親，飄洋過海到美國某一州某一間餐廳中打工的大姊，正冒著大風雪走過街頭，還有在島嶼的各大小城鎮之中四處游牧賣畫的J……。

奇妙的是，未曾謀面的撞球男孩，竟然成了我除夕最鮮明的記憶，抹也抹不去。說來奇怪，人生中其實不乏歡樂相聚的時刻，但回想起來卻往往是一片空白，所以我才特別喜愛兩句古詩：努力愛春華，莫忘歡樂時。我埋著頭，把這兩句話一遍又一遍地抄寫在紙上、在課本的空白頁，彷彿是要藉此提醒自己，人生實在不是因為歡樂難得，而是莫忘難得。但記憶卻不是一件可以自由操縱的容易的事。當我竭力張開手，想要抓住那流水一般的時光時，它們卻總在我的指縫間飄然遠走，宛如一陣稀薄的雲煙。

因為孤獨，我不愛待在家裡，高二時認識了一群外校同年齡的男孩，大家一樣地貪玩，穿著明星高中的制服，每天四處晃蕩，很有毀壞校譽之嫌，但我們也不在乎，半夜闖入台北新公園探險，週末又搭火車到淡水海邊。

一群正值青春期精力旺盛的大孩子玩遍街頭，玩到沒地方可去了，有人提議到故宮去捉迷藏。我們都覺得這個點子實在太酷，還煞有介事地熱烈討論一番，幸好最後沒有真的付諸實行。不過，不知怎麼搞的，我的腦海裡總會浮現出那個畫面：在故宮一間又一間流淌著幽暗光線的展覽間中，所有的同伴全都消失不見了，只剩下十幾歲的我還穿著黑色百褶裙，白色皮鞋，一個人在裡面沒完沒了地奔跑著，惶惶穿過了一屋子森然的青銅饕餮，古老的獸面冰冷而駭人。

又有一陣子，我們迷上了電話交友。回想起來，那和網路聊天室實在相似——原來社會日新月異，但剝開了科技的假面之後，其中包裹的，卻總還是一顆陳舊不變的老靈魂。我們之中不知是誰，先是在西門町的電線桿上發現了一組電話號碼，像是可疑的暗號似的，而當發現了一個之後，才察覺到它居然無所不在，祕密地流傳在廁所、牆壁、電話亭之間。男孩們高興極了，彷彿無聊的生活又打開了一扇新的窗口，於是大家約好各自回家狂打，聚在一起時，便炫耀說在電話中又認識了小芳、小美之類的女孩。而其中，打得最瘋狂的就是W。

其實，我已暗暗喜歡W好長一段時間。我開始體會到愛情的痛苦是怎麼一回事。但那也說不上是愛。W家是位在信義區山上的獨棟別墅，紅色斜屋瓦，門口有一片小小的綠色草坪，養著白色的大狗，他的父母在經營企業卻又沒有商人的市儈味，每次見我們來了，態度總是從容大方，充滿了乾淨的自信。在W的世界中一切都是明朗的，以藍天和碧草作為背景，和平又溫暖，就像是曬在春日之中迎風輕揚的一條純白色被單，而我便彷彿是在喜歡那樣的一個世界地喜歡著W。但這份喜歡卻無從表達，壓抑過了頭，竟反而變成了曖昧的負面情緒。我對他特別兇，說話不假詞色，每當大夥兒一起玩撲克牌時，輸家要被彈耳朵，輪到我彈起W，總是又狠又準，啪地一下打去，他的耳垂就要紅腫老半天，我的心中因此起了一股奇異的快感。後來，又嫌彈耳朵不夠，有人提議要蓋棉被——把輸的人蓋在棉被底下，大家一起跳上去狠狠踐踏一番。我瘋了似地踩著W，當其他人都歇腳了，只有我還不肯下來，心中是那樣的快樂與悲哀。然而，每當我們圍成一圈聊天，聽W神采飛揚地講起電話交友的奇遇時，我沉默地坐在一旁，覺得他忽然變得陌生且面目可憎了，直到我再也按耐不住，爆炸開來，把他們每一個人都狠狠斥責一頓之後，自己一人搭公車又換火車跑回家中。

當火車快要靠近北投站時，我握著把手，站在車門邊，背對大部分的乘客，看準鐵軌旁的草叢，手一鬆，就直接從火車上跳下來，然後拔腿便跑，軌道之間填滿了滾溜的石頭，跑起來在腳底下嘩嘩作響，像是踩在暗夜洶湧的波濤上。我聽見站長在後面急忙吹起口哨，抓逃票，但他哪裡追得上我呢？一下子，我的身影就淹沒在草叢裡。我一直跑到社區的巷弄中，才放慢了腳步，沿著街燈緩緩地走回家，燈下只有我一人的影子，被拉得老長，斜斜拖曳過紅磚道。然而回到家中，也仍然是只有我一人。我在黑暗裡摸索著，打開了客廳的日光燈，白晃晃的光芒卻教人更寂寞得難受。我縮在椅子裡哭著，哭到連自己也乏味極了，才抬起頭來，靠著冰冷的水泥牆壁發呆。然後我拿起電話，第一次撥了那個交友的號碼。

那真是一次詭異的經驗，電話接通後，就像是掉入一個巨大的黑洞，我聽到許多人在洞中呼喊著：「我是小文，呼叫美美」、「我是安迪」……。彷彿大家全落在深夜的汪洋大海，奮力地向前游著，偶然才在迎面撲來的浪尖上，望見了一張陌生的臉孔。在電話中，我化了一個似乎是「小青」之類的名字，瘋狂呼叫起W，當終於和他說上話時，卻是濤天的大浪打來，兩人都是口齒不清。我還記得，自己假扮成一個商職的女生，捏起嗓子說話，W卻是半信半疑的，因為我的聲音實在熟悉，而我只好努力和W撒嬌調笑，一邊卻又止不住心中的憤怒逐漸高漲，無論如何，我都再也喬裝不下去了。一齣蹩腳的戲，眼看就要穿幫，於是我喀嚓一下，切斷電話，一剎時，公寓又回復到原先的寂靜狀態。

深夜裡，屋外落起了急雨，嘈嘈切切，天空破開了一個大洞，彷彿正任性地把一切不管好的壞的，全都丟到了人間。然而事實上，大家在電話裡最感興趣的，不是女孩，卻是一個叫做「稻草人」的男孩，機車店的黑手，連國中都畢不了業，一口台灣國語，又拙又呆，哪裡比得上這些伶牙俐齒的高中生？W最愛捉弄他，但有一天，我們忽然再也不玩這個遊戲了。W在呼叫「稻草人」許久之後，沒有回應，才有人幽幽地在線上說，「稻草人」已經死了，騎機車被撞死了。我似乎可以看見他趴在地上，就是一個稻草人的模樣，而身軀被車輪輾得支離破碎，散落了一地悽惶的草梗。

我們再也不提電話交友，緊接著，就是暑假，升上高三，男孩們忽然正經起來，他們的志願全是醫學系，便結伴跑到山上，住在廟裡苦讀。我難得上山探望，那是一貫道的廟宇，在長期禁令之下顯得特別神祕，但廟中卻乾淨得不得了，就連吃的素菜也是非常講究的，不論做什麼事都得要分成男女兩邊，嚴守禮法，而地板一塵不染全上了光潔的蠟，一不小心便會摔跤。

在這樣的廟中住上一段時間之後，男孩們也彷佛洗去了昔日的草莽，臉上神聖地發出佛光。但吃過午飯，我隨他們去後山玩，卻發覺一出廟門，他們的個性還是沒有變，原來滿山遍野的金龜子，早已被他們用立可白在背上全塗了編號，但居然也沒有死，還趴在草叢中，翅膀一閃一閃地發亮。沒多久，聯考結束，我上了台大，男孩們全進了南陽街的補習班，彼此就漸漸地沒了消息。

如今悠悠二十多年過去了。先前搬家整理東西時，才又無意間翻出讀女中時的照片，我的左手搭在同班死黨C的肩膀上。C長得很美，身材亭勻，又最善良，當同學們勸我不應該和一群外校的男生廝混時，C總是帶著一抹理解的微笑，從來沒有說過什麼。幾年前，中山高速公路上發生客運大火，C竟也在車上，當我從電視上看到C的名字和影像時，眼淚不禁撲簌簌地滾落下來。她是到台中去作義工，才遲歸而不幸搭上了這一班死亡的列車。善有善報，莫非都是一些騙人的謊話？而C送我的波斯貓，還躺在沙發上呼呼大睡，渾然不知主人的厄運，但我卻從昔日照片中的我的眼裡，看到了斑駁的陰影，清楚地浮現出來。十七歲的我，笑得既忍耐又牽強，彷彿早就已經預知到了，這是一段被空亡和天哭星所盤據的時光。

青春的北淡線

我望著自己的膝蓋和鼓起衣衫的乳房，立即我的思想向內彎曲，乖乖地回到我自身。我想著自己。我的膝蓋，真實的膝蓋，我的乳房，真實的乳房。這個發現很重要。

——莒哈絲《平靜的生活》

雖然是秋天了，天氣卻還是出奇的炎熱，秋老虎，絕望地要做出它離開地球之前的最後一搏。太陽斜射在教室外的長廊上，古老的木頭窗櫺浮起了一層金粉似的塵埃，我看見國文老師慢吞吞地走過窗口，拐進教室的門，而她總是這樣的，臉孔上沒有表情，也很少笑，對於上課，她似乎比起講台下一群十六、七歲的高中女孩，還要更覺得無聊。但她在教育界卻相當有名，畢業以後我還經常在報紙上看到她的名字，最後一次是在電視上看到她，正以退休教師代表的身分，對著攝影鏡頭，激動地爭取公教人員十八％優惠存款。

她在螢光幕上誇張的動作和表情讓我感到陌生，因為當她坐在講桌後面時，總是懨懨地，還沒有從冬眠中甦醒過來似的，也很少從椅子上爬起身。而那一天的作文課也是如此，她自己一人靠著椅背發呆，想該給同學出什麼題目才好？那時的作文還得要用毛筆寫，教室中安靜到只聽得見大家在硯台上唰唰地磨墨。國文老師想了好久，才說，那就自由發揮吧，大家愛寫什麼就寫什麼。

我握住筆，瞇著眼，窗外的天空發出濛濛的金黃，頭一回遇到自由寫作，我的腦袋卻反倒一下子被掏空了。思緒有如脫韁而去的馬，剛開始時，還不安地在原地吐氣甩頭，踢踢腳，但發覺果真沒有任何的羈絆之時，它便大起膽來了，越跑越快，越跑越野，連我都發慌了追趕不上它的腳步。我埋頭在作文簿上瘋狂地寫起字，毛筆尖劃過紙頁唰唰地響，墨汁染黑了我的指頭和手腕，也來不及去擦，因為我正在寫自認為是生平的第一篇小說，而且必須趕著在下課鈴聲打響以前，把它寫好。我連停下來喘口氣的時間都沒有，到了後來，簡直就像是手中的一支毛筆在自動書寫似的，而我只能坐在一旁發愣。

當下課鈴響，我幾乎寫光了大半本作文簿，畫下最後一個句點，把簿子交到講桌上，好像把自己也一併交了出去，滿身大汗虛脫又空無。我這才發現國文老師早就在下課前溜走了。我木木然地收拾書包回家，然而真正的痛苦才要開始，接下來的一週，我從早到晚淨想著那本作文，回味自己寫過的每一字每一句，一直到老師終於批改完，簿子又發回到我的手中為止。我打開來，看見這篇作文卻拿到非常低的分數，極有可能是全班最低分，而評語只有一句話：這是在上課時間完成的嗎？

我把簿子啪地闔上，感覺被徹底羞辱了。但回想起來，拿低分是公平的，我自認為生平的第一篇小說，內容迂腐到可憐又可笑。那時正流行大陸文革傷痕小說白樺的《苦戀》，而我不自覺地照章模仿，寫一個年輕時投入革命，卻在歷經創傷之後才終於返鄉的男人，在寒冬深夜走下火車，踏上故鄉的月台，大雪紛飛，落在他蒼蒼的白髮上，而寒悵的街道寂靜無人，兩旁睡在潔白雪中的屋舍，比起他當年離開時還要更加的殘破幾分，但物是人非，親友俱往矣，他已無家可歸，最後一人凍死在茫茫的雪地之中。寫到末了，我自以為寫得入戲，為之顫動唏噓不已，但老實說，十七歲的我從來沒有看過雪，更不知道革命和蒼老究竟是怎麼一回事？所以充滿了虛偽矯情卻不自知，難怪國文老師看了後要嗤之以鼻。

然而，我卻又如此清楚地明白，這篇小說之於我的真實和熱情，我其實是把文字當成了一條黑色的鐵軌，一路往前鋪設直到天邊，鋪到了在我想像中那一座冬夜裡的火車站，一個孤獨的旅人站在月台上，大雪撲天蓋地落下，而他不知從何而來，又該要往哪裡去？就在那個炎熱的秋天下午，我的心中不斷飄起無聲的雪，幽靜而且寒冷。

這幅畫面或許就是我對於小說的最初認知。文字幫助我逃離此處，逃往一個不為人所理解或是同情的地方。他們甚至會對此不屑一顧。但我以文字鋪軌的信念既強大又盲目，也不知究竟從何誕生？只是從此以後，我只會把這一條路留給夜中的自己，而再也不曾在任何一個老師的面前袒露過，也不曾再在作文課上寫小說。

這一條祕密的鐵軌只有我知道，它通往想像的銀河。而想逃的意念從來沒有斷絕過，生活總是在他方。但有時它也會和現實世界的具體畫面合而為一，於是我總是離開家，背著小背包，就從北投站跳上一列北淡線的火車，然後一直往後走，往後走。

我們不喜歡往台北城的方向去，而是要一路向北，往島嶼邊緣大海和山的盡頭，好像從那兒就可以漂流出海，一直流到看不見的地平線之外。於是我們在車廂中跌跌撞撞地往後走，慢車一向搖晃得非常厲害，發出哐啷哐啷的聲響，全身的機械螺絲和零件都快要散開來似的，我們就這樣走過了一節又一節的車廂。因為這裡已經是北投了，遠離市中心，而大多數搭火車通勤的人，也都早在士林和石牌下車了，再過去，就是復興崗、關渡、竹圍和淡水，火車上幾乎沒剩下多少乘客，全成了我們的天下。

車廂內墨綠色的兩排座椅大半是空蕩蕩的，如果上面坐著人，也多是些孤零零的老人，默默地瞪著窗外的景色發呆，要不然，就是一些頭戴斗笠的農夫，他們的腳旁放著一只扁擔，兩端的竹簍裡塞滿了綠色的青菜。那些青菜都是剛從田裡拔出來的，一片片蓬勃深綠的葉子舒展開來，溢滿了整個簍筐。我們一走過去，葉子的邊緣輕輕擦過腳踝，就把那一股淡淡的泥土腥味和潮濕的青菜味，全都留在我們身上了，一直等我們走到了車尾，都還聞得到它。

是的，我們聞得到它。那濕潤的黑色土壤，蒼綠色的草山，隨著海風依稀飄散的硫磺味，以及紅樹林的沼澤，淡水河口白茫茫的煙霧、沙灘以及大海。這一列火車從台北城出發，穿過了綠色的平原，貼著山巒前行，一路就來到了河口的出海處。它的車身沾滿了一路上的氣味。我聞得到它。這是一列如今已經消失了的，但卻還一直留在我鼻腔深處的北淡線。

於是我們最喜歡跳上火車，一直往後走，往後走，走到最後的一節車廂，在車廂末端有一個小小的車門，把它打開，風便呼嘯著一下子狂灌進來。在門的外面又有一座小小的平台，才不到五十公分深，三邊圍著鐵欄杆。我們在平台上坐下來，也不怕弄髒衣服，我的黑色百褶裙制服在風中亂舞，我把它夾入兩腿的中間，坐在火車的尾巴，然後把一雙穿著白襪和白鞋的腳，伸出平台之外。望出去，一條黑色的鐵軌就在我的腳底下，當火車的速度越來越快、越來越快的時候，鐵軌好像也就跟著激動了起來，化成了一條黑色的粗蛇，劇烈地左右扭擺，我幾乎可以聽見牠發出霹哩啪啦的聲響，憤怒地追趕起這一列火車，好像要一口把我的雙腳吞掉似的。

我們瞪著那一條鐵軌，一條生氣莽莽的黑色巨蛇，一路綿延到了天邊，不禁驚駭得笑了，然後迎著風，便嘩啦啦地對著鐵軌唱起歌來，不成曲調的，又叫又笑，喊到喉嚨都沙啞了，反正除了鐵軌以外，也沒有人聽得到，我們根本就不用害羞，也不會害怕。

不知為了什麼，我們老喜歡揀冬日的黃昏跑去淡水，而那時的天空總是灰濛濛的，海風撲在臉上一點也不舒服，又冷，又膩，又鹹。但這或許是我的記憶欺騙了我。原來，我們在夏日也去海邊的，只是明媚的豔陽、穿著泳裝嬉戲的人群和閃閃發光的沙灘，卻全都被我給遺忘掉了，而如今，只剩下淒冷的冬日、蕭條無人的沙地和數不盡的招潮蟹，在我的腦海中磨滅不去。我聞得到它，也看得到它。青春的北淡線，在年少輕狂的歡笑之下，彷彿更多了一點點難以言喻的、莫名又浪漫的哀傷。

就像許多台北長大的孩子一樣，我生平第一次看見海，是在淡水的沙崙海水浴場。大海，從此不再是書上的彩色圖片，或是一個個黑色鉛字堆砌起來的符號，它開始在我的面前真實地流動起來，有了呼吸，有了氣味，有了溫度，有了濕度，它一直流到了我的天涯海角。

在沙崙，沒有美麗的銀色沙灘，沒有蔚藍的大海，也沒有雪白的浪花，就連潔淨的貝殼和鵝卵石都沒有，這裡的大海和我們從故事書或電影上看到都不一樣。也或許，它並不算是真正的大海，淡水河在這一帶出台灣海峽，而留下了三面黑色的沙丘和泥濁的鹹水，所以那兒的浪也並不算大，它嘩啦啦地時而漲上來，時而又神祕地往後退，沒有人知道它究竟要退到多麼遠的地方。它看上去非常平靜，波瀾不驚，但規律地一來一去、一進一退之間，卻又暗藏著可怕的漩渦，駭人的，在天空與大地之間發出嗡嗡的迴響。

如果沉到沙崙的海水裡，你什麼也看不到，因為這裡的海水多半是黯淡的，就算夏天的陽光照射下來，也無法把它穿透，反倒是會把所有的光芒都吸收掉了似的，只留下來一股鬱鬱的黑。那黑，卻自有一種奇特的魅惑力，它吸引著我拉起裙角，一直要往大海深處走去，直到海水淹沒了我的膝蓋，一下子忽而湧上來，打濕了我的腰。海邊的風淒厲地颳起我的頭髮。我彷彿看到一八八四年秋天的早晨，法國軍隊就是在這兒登陸，和清軍發生一場激烈的血戰，潮汐的巨大落差把他們全都捲落到海裡。我渾身又濕又冷，兩條手臂都在發抖，卻忍不住還想要繼續往前走。就在那混濁不清的海水之中，似乎躲著一雙手，他抓緊了我的腳踝，一直把我往那片神祕的大海拖去。我被魘住了。

十七歲的我們，確實是被那片大海魘住了。幾乎每個禮拜，我們都要從北投跳上火車，一路沿著淡水河，經過那時才剛落成不久的鮮紅色關渡大橋，經過河邊綿延不斷的茂密紅樹林，往沙崙那黑色的懷抱裡跑。尤其是到了秋天的末尾，我們從淡水一路晃到淡海，而那時的海水浴場已關閉了，海邊一個人都沒有，冷得人頭皮發麻。我們繞過沙崙的正門口，沿著一排鐵絲網，向左走到盡頭靠近沙丘的地方，那裡的網不知被誰剪出來一塊小小的缺口，正好可以讓一個人通過。我們從洞口鑽進去，穿過林投和黃槿，一邊跑一邊把鞋子脫下來，打赤腳，在冰涼的沙灘上狂奔起來，瘋了似地大喊大叫，比賽看誰最先跑到海水裡。而那時的沙灘上也還全是密密麻麻的招潮蟹，伸出泛紅的大螯，我們一跑過去，牠們全唰地一下躲進了小小的洞裡。洞口堆著可愛的沙土——在這一片看似死寂的黑色沙灘上，居然也蠢動著無數不安的生命。

當黑夜來臨，我們把零用錢全掏出來，湊在一起向小販買了上千元的煙火，立意要給十七歲的自己一個最美麗的沙崙之夜。我們點起了火把，宛如祭司一般魚貫地走上那一道如今已然坍塌的木頭平台，一直走到海的中央。黑色的海與黑色的天在眼前流成渾沌一片，天地鴻濛，泯滅了所有的疆界，只把我們包圍在正中央。我們在平台盡頭蹲下來，放煙火，高空中炸出來一朵又一朵巨大燦爛的火花，而我們仰起頭望著，被震呆了也震啞了，卻忽然興起一股莫名的悲壯，在火光的照耀之下，青春的臉龐上全掛滿了淚，連天地也要為之顫動。就在那一刻，苦澀的海水、鹹濕的海風，一波波從黑暗中嘩然湧來，如泣如訴，也彷彿填滿了我們心底說不出口的虛無與空缺。

溫泉洗去我們的憂傷

我喜歡想像自己是從一個充滿冒險的旅行中歸來，我不再詫異，不能再認出我已經離開太長時間的地方，時間將它放入了夢中。

——保羅・安德魯《記憶的群島》

讀台灣第一才子呂赫若的日記，才發現他經常去北投洗溫泉。

那是在一九四三年前後，也是二次世界大戰煙硝砲火最猛烈的一段時期，台北幾乎每一天都處在空襲和警戒管制的陰影底下，而皇民運動更像是一把緊箍咒般，越來越套緊在每一個文化工作者的心靈上，一股快要窒息的苦悶，瀰漫在呂赫若的日記裡。翻開日記，發現他最常運用的字眼便是：疲倦、憤怒、煩悶、無奈、無聊、思緒紛亂……，陰鬱消沉的灰暗色調，漂浮於紙面之上。而在他筆下的台北，也多半是潮濕寒冷的冬日，白色霧氣從大地緩緩升起，不絕如縷，把觀音山、七星山和淡水河全都籠罩在一片茫茫然的朦朧煙雨裡。而就在這一場沒完沒了的、彷彿無處可逃的白日夢中，呂赫若帶著孩子搭巴士去草山，或是搭北淡線火車去北投泡溫泉，竟成了他生活中唯一小小的放鬆和快樂。

這種快樂是如此的平凡，微不足道，但在日常世界的肅殺氛圍之下，這種快樂卻又是顯得那麼的珍貴，就好像是遭到了長久地壓抑之後，才終於得以開口，而不由自主地從喉頭湧出來的、一小聲輕輕的喟嘆。

從日記看來，呂赫若最常去的溫泉，似乎是「眾樂園」和「沂水園」。「眾樂園」就在草山也就是陽明山的前山公園旁，是日治時代知名的公共大浴場。而「沂水園」是在北投光明路上，一條緊鄰北投公園的熱鬧街道。不管是草山或光明路，其實都是我再熟悉不過的地方，我的青少年時期有一大半歲月，就是在這一片盆地邊緣的山區中閒晃度過的，我甚至可以閉著眼睛，光憑直覺，也能在迷宮一般的蜷曲山路中輕易找到方向。但我卻一直到現在才知道，原來早在六十多年前，呂赫若也曾經到過這裡，並且把它的景致用筆記錄下來。他的字跡特別的端正秀麗，一筆一畫的，寫下了北投的雨和霧，水氣迷濛的蒸騰和溫暖，也寫下了在一個困苦又高壓的年代之中，草山如何從大地深處湧出乳白色的泉水，宛如母親的乳汁，撫慰著那些受殖民者壓迫而不安焦躁的魂魄，也洗去了大地上戰火撒下的灰燼，以及層層積累在人們內心深處的憂傷。

然而在我成長的七、八〇年代中，我卻從沒在北投泡過溫泉，原來那時的北投已因廢娼政策而在一夕之間沒落，淪為過氣的風化場所，披上了一層灰撲撲的紗。溫泉旅館的招牌生鏽了，大門深鎖，而僅存的幾間也似乎乏人問津，每次走過時，母親總皺起眉頭加快腳步，低聲說那裡面很髒。小時候經常去煮蛋的地獄谷，也因為發生過幾次孩童燙傷的意外，太過危險而被封閉了起來，不再冒出滾燙的泉水。在北投的空氣之中，依舊充滿了不知由何處傳來濃濃的硫磺味，但溫泉卻似乎距離我們的生活非常遙遠。到了晚上，北投公園一帶罕有人跡，在重重樹木掩映之下躲著一座小型的公立圖書館，閱覽室中只有一些看報紙打發時間的老人，和幾個溫書的中學生，而我們總是把書包往桌上一扔，便穿過一大片蠻荒雜蕪彷彿被人遺忘許久的樹林，往山中夜遊去了。

我們踩過潮濕滑溜的石階，鑽入榕樹密密麻麻垂吊的氣鬚，以及粗大奔放的枝幹，聽到溫泉水聲似乎正在涓滴地流過山中廢棄的日式黑色木屋。而那時的我還以為，北投一直都是這副充滿鬼氣森森的古老模樣。如今，讀到呂赫若的日記，我才知道原來自己陪伴北投走過的，竟是它生命中一段最為沉寂瘖啞的時光，而泉水無言，卻把歷史塵封的記憶和情感，全都一一地洗入了我腳底下的黑色土壤。

北投，原來在平埔族語中是「女巫」（pattauw）的意思。那是一座依大屯火山群而生的小城，就好像香港或舊金山一樣，道路大多是驚險的陡坡，而房屋也多半是以一種岌岌可危的角度，神奇地簇擁在山路的轉折處。

不同的是，北投彎彎曲曲的羊腸小徑又似乎特別多，一條一條通往山裡，究竟有多少條呢？數也數不清。這些小徑有的可以直通陽明山、天母、士林，有的往金山和淡水，而有的卻是淹沒在叢林草莽的深處，小路的盡頭，唯有比人還要高大的雜草，無人聞問的大片竹林，長滿了青苔的黑色巨石，還有坍塌在草中廢棄已久的日式老屋。在那兒，除了山林的蟲鳴鳥叫之外，彷彿什麼都沒有，但卻也彷彿什麼都有。它們就好像是女巫披散的頭髮一般，又黑，又細，又長，一路蜿蜒曲折地環繞著，把人一直纏綿捲入了她的懷裡。

就在一九八〇年代中葉，台北城正處於一切秩序皆瀕臨鬆動瓦解之際，開放外資經濟起飛，大量的外來人口集中到都市，居住和交通都成了不堪的負荷。這座偉大的城市在忙著追趕現代化，公共建設日夜趕工，街頭上到處是鐵皮圍籬圈起來的建築工地，張牙舞爪暴露天際的鋼筋、噴灑的泥漿，以及從早到晚沒完沒了的轟隆噪音，組成了一座巨大的壓力鍋。而強人集權年代已過，戒嚴法令正受挑戰，但是教育卻總還是落後一步，學校裡依然傳授八股的道德教訓、領袖格言，年輕人唯一得以學習到的，便是如何在威權底下忍氣吞聲，面對醜陋卻可以視而不見的能力，包括對於自己的醜陋，也都是一樣地視而不見：陰暗的大盤帽，軍訓服，剪得齊耳的西瓜皮髮型，油膩的頭皮，蓬勃的青春痘。

醜陋的市容，卻似乎更激發起市民狂飆的躁動，就連大學校園裡也是心浮氣躁的，不知為了什麼，我對於學校的課程總是提不起興趣，那些教授指定的必讀書目，讀起來彷彿是在冷漠地講述另外一個世界，而與此時此地根本毫不相干。至於在街頭上沸沸揚揚展開的學運，我也只是湊熱鬧地偶爾旁觀，就如同是在欣賞一幅櫥窗內眩目的風景，時尚有餘，喧譁有餘，但隔了一層玻璃去聽，也就失去了真實的溫度和激情。它傳不到我的身體裡。

我成了時代的局外人，脫節落了隊伍，徘徊在城市的邊陲，找不到它的入口。我走不進去，於是不由自主反向而逃，從我所成長的這一座沒落小鎮開始，往山和海的方向逃去，那裡才是全然開放的原始之地，不受水泥牆壁的禁錮，也不受任何流行論述的支配，而我闖入其中，展開一趟趟不為人知的冒險。

所以我總是蹺課，騎著一台破舊的小摩托車，出了家門，不往公館城裡的方向走，而是反向朝北投的山裡一直騎，騎著、騎著、騎著，那座山散發出一股奇異而強大的磁力，在不知不覺中就把我吸引了過去。而二十歲的孩子什麼都沒有，有的就是大把大把的時間，揮霍不完似的，可以浪費在無所事事的白日夢，甚至是整晚不眠的夜遊裡。

於是在白日，或是在黑夜，我總是騎著車，也沒有什麼目的地，就是隨意選一條人煙稀少的小路，一直往上走，沒有終點，無意識夢遊一般地往山中漫騎而去。和白日的陽光相較之下，我還更喜歡走在月光照耀的山路上，在山間清冷的空氣籠罩下，一整夜不睡覺的到處晃啊晃，就算迷了路，也無所謂。我其實常常在山裡迷路的，但這又有什麼關係呢？我一定找得到出口。對於這座山，我總是抱著莫名的信心，而且從來不會感到害怕。尤其到了冬日的夜晚，霧氣格外濃重，從陽明山冷水坑往金山的一帶，白霧濃得彷彿不是人間，往往把一條狹窄的山路全都淹沒。這時，我就會把車停在一旁，熄了火，讓霧安靜地張開了一雙純白的手掌，把我的身軀層層疊疊包裹起來，直到和這個現實的世界完全隔離開來。潮濕的山林瀰漫出一波波冰冷的寒氣，卻反倒讓我覺得安全，而且溫暖，因為我一直是相信這座山的。我從來不擔心她會傷害我。我甚至覺得她有什麼話要告訴我。我聽得見她。

是的。我看得見、也聽得見她。

我坐在夜半無人的山坳，無星，也無月，唯有萬樹的暗影在霧中隱約招搖，那烏青山巒起伏的曲線在夜中看來，竟像是吸飽了精血的肉體似的，發出微微的呼吸，比起白天更添了幾分可怖的偉力。而四野只剩下我和騰騰上升流動的淒迷雨霧，但我卻感到這兒比起家，還更像是家，彷彿我從小到大，在這座山腳下一棟挨著一棟的公寓之中，輾轉遷徙，全都是一次又一次無根的流浪，就像是失了巢穴的螞蟻，盲目地在街巷間四處亂竄，而此刻，我才終於好不容易回到了屬於自己的地方，第一次感到，自己原來也是可以被理解和接受的心安。

於是從那時起，我始終都沒有離開過那座山——我那青春不安的魂魄一直被女巫收在她的懷裡，直到如今還在她黑暗的髮中漫遊，無止無盡。

曾經有一則新聞，或者只是傳說，反正是新聞或傳說都差不了太多，因為年代久遠，我早忘記它的來源，但故事的本末卻是記得相當清楚：有一群人騎車去陽明山夜遊，結果其中一人A落了隊，朋友們沿山路回頭去找，竟然在一座涼亭中找到了A。A趴在石頭桌上睡覺，朋友把他搖醒了，他迷迷糊糊起身，騎著車加入隊伍，但是大夥兒騎到半路，一回頭，卻又不見A的蹤影，只好趕緊回頭去找，竟發現A又跑回同一座涼亭睡覺。他們只好再把A叫醒，約好了騎車一起上路，但騎沒多久，一回頭，竟又不見A，只見迷茫的白霧，淹沒了一條曲曲折折的山徑……。於是這群人反反覆覆的，一直到黎明時分，濃霧散去，陽光乍現灑滿樹梢，都還沒能夠走出這一座山。他們被山給魘住了。

這個故事的結局，當年就說不清，一說是天亮以後，大家終於下山各自回家，但問起A昨晚到底發生什麼事呢？他卻一點也想不起來了。另一說則是，大家回家以後，卻發現A並沒有抵達家門，於是又趕忙奔回山上去找，果然，又在同一座涼亭裡發現A的身影，只是這一回，卻再也搖不醒他了。A冰涼的鼻間早已沒了氣息。後面的這一個結局令人毛骨悚然，但不管如何，讓我印象最深刻的，卻還是那一座在夜中被霧氣包圍的小小涼亭。據說，它就在過了冷水坑往金山方向的山路轉彎處。而每一次，我經過那一帶，都不免要對路旁的涼亭多看幾眼，彷彿還可以看見A被困在那裡，正獨自一人趴在桌上，陷入一種連意識都要被深深吞沒的黑暗睡眠。

這大約只能算是一則都市奇譚，但我卻對它深信不疑，因為我也曾經被那座山魔住了，並且不只一次。年輕時的我特別喜歡夜遊，而夜晚的山總有奇特的魅惑，甚至是致命的魔咒，召喚著青春的靈魂前往朝聖，或前去接受它的試煉。深夜之中，我徘徊在她的懷抱裡，任憑東走西闖，往往就是走不出來，而那些原本枝葉扶疏的樹木，在黑暗的籠罩之下，尺寸放大了好幾倍似的，糾結的蒼老樹幹，看起來更活像是動物的觸角，蠢蠢欲動地伸縮吐納起來。但這些惡靈一般的詭異景象，來到了白日的陽光下，卻是魔力盡失，所以我反倒更愛夜晚的山遠勝於白晝了，尤其是陽明山，我甚至經常油然生出一種奇怪的渴望，渴望這一場在硫磺煙燻和濃霧之中的夢遊永遠不要結束，而我也永遠走不出去。

有一回，凌晨四點我上擎天崗，眼看天邊顏色逐漸由黑翻紫、翻紅、翻黃，就在稀薄的晨霧與天光之下，崗上的青草地布滿了早起的牛隻，正安詳地低頭吃草，彷彿只有這個寧靜的時刻，牠們才是這兒的主人，不會被遊客所驅趕。我在牛群之間穿梭，而牠們竟也不懼怕我，但當我想要返回遊客中心時，才發現它雖然近在眼前，但我卻怎麼樣也走不到。沒想到，就連一望無際的擎天崗，也會變成了一座沒有出口的迷宮。它刻意要把我圍困在山的中央。我驚駭地在連綿的草坡上下爬行著，而頭頂是黎明清朗的天光，腳底下是一座座還沉浸在夢中的神祕山巒。我不禁想起了《楚辭》中的〈山鬼〉。

表獨立兮山之上，雲容容兮而在下。杳冥冥兮羌晝晦，東風飄兮神靈雨。留靈脩兮憺忘歸，歲既晏兮孰華予？就在那一瞬間，我忽然感到時光已逝，青春不再，而那竟也是我最後一次在陽明山上迷路。

於是我又彷彿看到了一條筆直的大路，在我的眼前熊熊地燃燒起來。那是八〇年代末尾的大度路，一條橫切過綠色平原，連接起石牌和關渡的馬路。

在大度路還沒開通以前，從台北去淡水必須穿過老北投的市中心，沿著一條狹窄的中央南北路，經過了無數羊腸小巷，經過林立的店鋪、市場、溫泉區，然後爬上山頭復興崗的軍營、眷村，而在那兒的斜後方就是神祕的國軍八一八精神病院。據說，這所醫院的前身是日治時期的台北陸軍衛戍療養院。因為北投終日流淌溫泉，所以早在日俄戰爭期間，許多日本的傷兵都被送到這兒來療養。一九四九年國民黨政府遷台之後，就把它改成了三軍精神病院，在戒嚴年代裡，它始終是一個謎樣的封閉所在，就連當地人都不太敢靠近。而經過了這一大片軍區，便是偏遠的稻香和忠義，再一路沿著山坡往下，來到基隆河和淡水河的交會處，才終於抵達關渡，然後順著河流一直往北，便是河與海的交界之處淡水。

一九八七年，大度路正式通車，省去了這一趟攀山越嶺的路程，一條筆直的四公里大馬路直接穿過平原，從石牌一路飛馳接往關渡淡水。但道路才一開通，卻成了飆車族聚集的天堂。每逢週末，道路兩旁的紅磚道上擠滿了成千上萬看熱鬧的人潮，黑壓壓的頭顱在夜中鑽動著，還有人拿小板凳來佔位置。賣烤香腸和汽水的小攤販，大聲吆喝叫賣，把一條大度路變成了巨大的流動夜市，而膽子大一點的人，就穿越馬路到中間的安全島上，他們說站在那兒看還要更刺激一些，只可惜我沒有這個勇氣。我只是坐在路旁的鐵欄杆上，望著前方傾斜的山巒，矗立在一大片遼闊的平原上，而山的後面就是河，就是大海。星垂平野闊，月湧大江流。晚風呼呼地吹來，空氣中溢滿了青草的香氣。在黑夜中，飆車青年的車輪高速摩擦過柏油路面，爆出一次又一次驚人的火花，點燃了這一座原本寧靜的邊城黑夜。

一條光亮的火之長帶，揉雜著激情、狂傲、刺激和一點點莫名的悲憤，死也不足惜的，如同飛蛾撲火般墜入燃燒燦爛的煙花裡。而那煙花盛開在盆地城市的邊緣，在山與海的交界。一場解嚴之初沸騰狂飆的嘉年華慶典。直到政府眼看局勢幾乎不可控制了，刻意在路上分隔出一條慢車道，又把路面弄得坑坑窪窪的，於是一條原本桀傲不馴、充滿野性之火的大度路，才又逐漸地被熄滅收伏，而成為一條如今再也普通不過的柏油馬路。

但那一條燒往黑夜天際的光燦大道，卻還一直在我的眼前，它帶我逃出了公寓的鐵門鐵窗，逃往一失序癲狂的魔法之地。

在那兒，是渾沌未開的邊陲，聚集著流動不羈的外來者、異鄉客，打零工的，推銷商品的，作小生意的，還有酒家女和賣藥藝人，而他們在此稍稍落腳一下之後，又多半會再繼續啟程，朝向人生中未知的下一站走去，讓我不禁要想起小津安二郎電影《浮草》中的人物，來來去去，無常不定，宛如黑夜中迷離閃爍的點點螢火，縱橫交織成了一片蒼茫的浮世背景。而我不經意落入其中，張大了好奇的雙眼窺探著，彷彿是趴在拉洋片透出光線的小洞口，注視著這一個包圍著我的、如夢似幻的小宇宙，這一我城，我土，我所歸屬的階級：那些我在生命之中最初認識的、而我將要一輩子永遠與之同在的人們。

我張開眼，看到了從日本時代開始就聞名的溫泉酒家，但它們距離當地人的生活其實非常遙遠，躲藏在山坡上的樹林後面，被茂密的枝葉遮蔽起來，遠遠地，只露出一座黑色的日式斜屋頂，或一條被藤蔓覆蓋而若隱若現的石頭小徑。偶爾我也可以看見傳說中的酒家女，坐在摩托車的後座趕著去上班，但也還來不及看清，她們的身影就噗噗噗地消失在山路的轉彎處，去到一個和平民生活毫不相干的世界。

同學的母親在某一間以花為名的酒家當女中，那兒歷史悠久，據說還曾是早期台語片經常取景的地點。他母親總是工作到深夜兩點才回家，回到家就坐在客廳的椅子上，也不點燈，就著一點窗外斜照進來的黯淡街燈，彎下腰，用十指輪流去按摩一雙青筋浮露的小腿。一看到我們，她便抬起頭，露出疲憊又謙卑的笑。不知怎麼的，我老是忘不了她的手，在夜裡的微光下泛出青紫的色澤，十隻指頭又肥又粗，因為長年工作的緣故，手腕關節受傷而總是貼著一塊白色的膏布。

那時我們年紀輕，總是徹夜不眠地一起溫書，或是騎摩托車在山區無目的地四處漫遊，而遊著遊著，趁酒家快要打烊之際，我們便晃到了後門，等同學的母親偷偷溜出來，遞給我們一包客人沒有吃完的排骨酥當宵夜。我好奇地從那扇小門偷窺屋內，只見到一群穿制服的歐巴桑來來去去。深夜中，狹窄的溫泉路上早已沒有人跡，只有這裡還亮著燈，照耀一路閃出濕漉漉的水光。

然後順著溫泉路往下坡走，穿過公園，轉入礦港路便是夜市。夜市旁的小廣場上幾乎每晚都有不同的賣藥班子，賣的多半是蛇毒，或許是因為山區多蛇的緣故，號稱可以醫治百病。為了取信大眾，賣藥的中年男人拿出一個鐵籠，裡面養著條肥大的眼鏡蛇，他伸手進去一把將蛇抓出來，讓蛇咬住自己的舌頭，然後再惡狠狠地拔開，舌頭上立刻出現了兩個深黑色的大洞，鮮血淋漓一直滴落下來，圍觀的民眾不禁倒退發出了一陣驚呼。但男人卻依舊面不改色，還故意把舌頭伸得長長的，繞場一周展示給所有的人看，然後再回到場中央，吞下兩顆蛇毒作成的藥丸，證明它神奇的療效。他一邊表演，一邊賣藥，卻也不急著把蛇收回鐵籠裡，就讓牠全場乙乙地遊走，觀眾嚇得尖叫聲不斷。眼看蛇走得遠了，賣藥的人才不慌不忙拿出一根大鐵鉤，一下子又把蛇勾了回來。等賣藥告一段落，看民眾有些倦膩了，班主就會叫幾個女孩出來跳脫衣舞，炒熱場子。她們身上裹著一件大袍，一掀開來，裡面竟是赤條條的三點全露。這下大夥精神全來了，屏住氣息靠得緊緊的，睜大了一雙雙眼睛。熱情的音樂喧天價響，但女孩們卻總是面無表情，跳完了，又披回剛才扔在地上的袍子，走回後台去休息，坐在一張小鐵凳上，翹著腳，唏哩呼嚕地喝汽水，彷彿剛才根本沒有發生過任何事情。

我經常站在那兒看到夜深，看到燈光熄滅，人群散盡，賣藥的班子開始拆音響、收布景，而跳脫衣舞的女孩們也卸完妝，一個接一個爬上小貨車的後方，那籠眼鏡蛇就擺在她們的腳邊。黑夜中，她們素著一張張蒼白的臉，漠然地望向冷清清的廣場，背景是夜市打烊之際、一片將要熄滅的朦朧燈火，而一車的人影和蛇影搖搖晃晃的，彷彿鬼魅一般，不知接下來要開往哪一個地方。

其實這座市場並不算大，但或許是年代久遠——據說從日治時代開始，新市街就聚集了上百個攤位，也或許是因為靠近昔日的屠宰場，他們利用市場旁的一條磺港溪水，清洗宰殺之後的豬隻，所以在我的記憶中，北投市場彷彿一直瀰漫著濃重的腥味，黏稠烏黑的泥水，流淌在密麻擁擠的攤位之間。

不知從何時開始，磺港溪就用水泥覆蓋起來，成了一條磺港路，馬路中央也成了一座小小的停車場，無人管理。大家都知道路底下是一條溪水，但卻故意把它忘掉似的，彷彿流過那兒的不是溫泉，而是排放市場殘渣的臭水溝，所以要掩起鼻子快步地走過。

而走過狹窄的磺港路後，就會看見市場的正對面有一間小小的瓦斯行，那裡就是李宗盛的家。

一九八九年，六四天安門事件，海峽兩岸點燃了洶湧的學運之火，而那一年我二十歲，正在讀大二。年底，滾石集合旗下重要的歌手，推出《新樂園》專輯，英文的名稱是Peace Land，和平的樂土。在這張專輯中，李宗盛唱起了〈阿宗三件事〉，他唱：「我是一個瓦斯行老闆之子，在還沒證明我有獨立賺錢的本事以前，我的父親要我在家裡幫忙送瓦斯，我必須利用生意清淡的午後，在社區的電線桿上綁上寫著電話的牌子，我必須扛著瓦斯，穿過臭水四溢的夜市，這樣的日子在我第一次上綜藝一百以後一年多才停止……」

我聽了不禁潸然落淚。沒錯，那確實是一座臭水四溢的夜市啊，然而我也是被那座市場餵養長大的。到了晚上，白天賣菜賣肉的攤販便搖身一變，燈火輝煌了起來，改賣宵夜、衣服和琳瑯滿目的小首飾，而賣藥的班子就在磺港路停車場的空隙間，搭起一座座簡陋的舞台，我曾經在那兒看過各式的雜耍和氣功表演，而成了我人生中最早的劇場經驗。有一回，還有人來展示雙頭蛇。那是一個又黑又瘦的男子，拿著一只長方形的小鐵籠，用一塊布遮蓋起來，神祕兮兮地說籠子裡面有一條雙頭蛇。他說得天花亂墜，居然也把我給唬住了，足足站在那裡一整晚，看他賣藥，結果藥是全賣光了，但布卻始終只是掀起一小角，就又趕緊放下來，而籠子裡似乎有黑影在不安地蠕動著，但我到底是沒有瞧見，那一條雙頭蛇究竟長得什麼模樣？

夜深了，賣藥的男子從容地收起小桌子，熄滅燈泡。晚風吹來，市集的人潮散去，只剩下一地的紙屑和空塑膠杯在地上冷冷地打滾。我盯著男人的背影和他手中的鐵籠，卻沒有勇氣追上前去，請他給我看一看雙頭蛇？只要看一眼就好。但或許男子也是為了我好，因為讀過孫叔敖故事的人都知道，看見雙頭蛇是不吉利的，會死的。

又有一天，瓦斯行門口停著一輛黑色大轎車。市場一帶從來沒出現這麼豪華的車子，引起不小的騷動。果然是李宗盛回來了，正在和家人話別。那時的他早已是個大明星，我躲在騎樓遠遠地看他，好像做夢一樣。我看著他坐進駕駛座，駛著閃閃發亮的汽車，艱難地穿過臭水四溢的夜市，然後消失在好奇駐足的人群之中。那時才二十歲的我，非常篤定自己將來一定會跟他一樣，離開這裡，走上一條北投之子大多會走的道路。然而我真的離開了嗎？在離鄉將近二十年後，我卻忽然不那麼確定了起來。

黑暗中，於是就有了光……

「我將不為我不再相信的事物服務，」我一面慢慢地向對應的對列走去，一面默默地重複道：「無論它稱自己為我的家、我的祖國還是我的教堂；我將努力在某種盡可能自由的生活或藝術模式中表達自我。」

——諾曼・馬內阿《流氓的歸來》

有人問我，是從什麼時候開始寫作的？我回答：「七歲的時候」。對方一臉驚訝的表情，但我沒誇大，這是真的，我並非天才兒童，只是喜歡看故事書罷了，看多了，自然就想要提起筆來模仿。在國小一年級時，我寫了第一本童話書，自己畫插圖，自己裝訂，總共作成十本純手工書，然後賣給同班同學，一本一元。坐在我前後左右的小朋友，都被強迫推銷了一本，無一倖免。

那是我人生中的第一本書，銷售率百分之百，非常得意，但回想起來才覺得可惜，應該留一本作為紀念才對。如果現在還有人保存那本書，我願意以千倍的價錢來買回。不過，在我的記憶中，同學掏錢出來買時，臉色都有點勉強，因為我寫的是一個很不快樂的童話，美麗的公主遭後母陷害，雙眼被毒瞎了，又遭到放逐，獨自一人遊蕩在陰暗的森林中。結果公主遇到王子了嗎？我不記得，那似乎不重要了，我只記得森林中高大而濃密的樹冠，遮蔽天光，糾結的樹根活像是老巫婆的爪，憤恨地掐住黑色的土壤，而瞎眼的公主跌跌撞撞走過了滿地的荊棘和爬藤，全身上下都是狼狽的傷。

那座幽暗的森林彷彿是我童年的一個隱喻，是我所生活公寓的裂岔和變形。如果把公寓漫長的一天畫在紙上，那將會是一幅多麼庸俗的浮世長卷啊：房客之間的閒言閒語，蟑螂飛舞的漏水廚房，夫妻雙方沒完沒了的爭吵。而童話故事距離現實是那麼的遙遠，簡直就像是在對生活作出一種無情的嘲諷，然而，它們卻又好像是鍊子的兩頭似的，只要輕輕碰觸這一端，另一端也會禁不住跟著顫動起來。於是現實並沒有被拋棄，它穿透了潛意識的湖泊，以折射凹凸又扭曲的方式，於紙面重新浮現了出來，就像是迷人的童話幾乎都有一個不快樂的結尾：人魚公主變成了泡沫，漂浮在大海上；快樂王子被孤伶伶地遺棄在街角。還有我最難忘的《小紅與小綠》：小綠是長白山上的千年人蔘精，化成了一個小男孩，天天陪小紅玩耍，結果卻被小紅的獵人爸爸設計跟蹤，挖起來，拿去賣給了中藥行。

這些童話全都是殘忍且可怕的，比起任何成年人的小說都要來得可怕。它們向孩子預言了人生的殘酷和暴虐，而且孩子們全懂。大人還會假裝視而不見，但孩子不會，他們的眼睛看得一清二楚。

然而在我成長年代的台灣，對於一個喜歡文字的孩子而言，卻是一場漫長的懲罰。兒童讀物奇少，學校也從來不鼓勵，我自己胡亂摸索，一頭栽進租書店，還以為瓊瑤和金庸就是最偉大的作家。上了國中，國文老師從來不講解課文，也從來不笑。真奇怪，為什麼一個讀文學的人，會長著一張蒼白又憤怒的臉孔呢？她上課時總是帶領全班，用軍隊喊口號的方式，狂熱地把課文和註釋大聲朗讀十遍，然後考默寫，考不到滿分，就得要挨鞭子。這種瘋狂的國文教法卻很有成效，每逢月考，我們班上國文總是全校最高分，老師成了校內的明星，但她卻徹底殺死了我對文字的興趣。不知為什麼，我就是背不住，書本上的鉛字全都輕飄飄地懸浮在半空中，朝向四面八方無情散去，彷彿是一個個墨汁淋漓的鬼，幽幽的，我抓不住、甚至看不見它們。

這世界遂變得非常陌生，而且難以理解了，比童話更加的離奇古怪，但是當殘酷不再遙遠，而是在現實中活生生上演時，我卻變得麻木不仁了，不再驚駭，更失去了編造故事的想像力。只是沒有想到，我七歲時所創造出來的瞎眼公主，就是我自己。當全班同學跟隨國文老師用吼叫的方式背誦課文時，我才恍然大悟，瞎眼的竟不只有我而已，原來我就置身在一群文盲裡。

當文字逐漸被封死之後，另一個世界卻又悄悄地向我開啟。但是這一回，文字沒去，影像浮現，我從公寓走出，沿著街巷走到馬路，走到海角山坳，走到市場人群之中，走到數也數不清的公寓樓房內，它們有如蒙太奇般快速地在我眼前跳接，無法用三言兩語去述說，也沒有嚮導或是指南，而這一切都得要憑我自己去辨認和摸索。於是我在城市邊緣的光影迷宮之中穿梭，從自己的家居進入別人的家居，從一個空間過度到另一個空間，有如風格迥異的盒子鑲嵌拼貼，而我跌入了城市的萬花筒，從過去一個封閉在自己公寓之中的小女孩，走出來，才忽然睜開雙眼，看見了層層疊疊包圍我的世界，有如洋蔥一般剝之不盡，而每剝一層就讓人忍不住要掉淚。

於是我走進了L的家。

L的母親在市場角落賣菜，透過鄰居的歐巴桑請我去當家教，幫L補國一的英數。她家離我家並不遠，還不到三百公尺，就在鐘錶行對面的巷子裡，但一樓鐵門卻始終只有拉起中間的一片，拉到齊腰的高度而已，要出入，還得彎下腰才能鑽得進去。一進去，裡面卻是一片漆黑，三坪不到的客廳從不點燈，除了迎面而來一座沉沉的花梨木神龕之外，也沒有任何的家具。神龕中央供奉地藏王菩薩和幾座神像，爐裡插著一炷香，眼看著就快要燒完了，在桌面落下一圈細微的灰。黑暗中，桌上一盤供果已經發出腐爛的氣味，佛燈的紅光落在木雕的神明臉上，彷彿是塗了一層淡淡的血。神龕的後面是木板隔牆，從最右邊開出來一條狹長的走道，而L的房間就在走道口。聽到我來了，她打開門，一張雪白的瓜子臉忽然從黑暗中浮出來，悄悄地領我走入她的房內。

我始終沒有搞清楚L的家究竟有多少大？從那一條黑暗的走道延伸下去，似乎是無窮無盡的木板隔間，但自始至終，除了L以外，我卻從來沒有看見任何人走過，只有聽到麻將的聲音嘩啦嘩啦的，就像是冬日永不止息的海濤，迴旋反覆，從單薄的木板牆後方不斷地打來，又像是夜裡野獸呼嚕嚕的喘息聲響，在四面八方環伺著，沒有一刻肯善罷甘休。我驚奇地豎起耳朵聽著，但L卻早就習以為常了，她只是垂下一雙又黑又長的睫毛，趴在桌上默默地寫數學。

L的房間很窄，擺下一張單人床、書桌和兩把椅子之後，已經沒有多餘的空間，所以她把所有的書和衣服全疊起來，放在床的角落。她長得非常瘦小，國中生的藍色尼龍外套穿在身上，明顯太大了，還得把袖子捲起好幾摺，一雙瘦到見骨的手腕才能伸出來。她趴在桌上，握著原子筆寫參考書，字寫得小小的，就像是一隊螞蟻歪歪斜斜、一個接連一個匍匐在白色的紙上。我叫她把字寫得大一些，她卻停下筆來，惶恐地看著我，過了好一會兒才繼續寫，但卻越寫越小了，那些小小的螞蟻幾乎要從白紙上消失掉。

我從來沒見過L的母親。每個月的家教費都是L拿給我的，她總是把鈔票細細捲成一團，藏在手心中，很恥於見人似的，而我接過來時，上面滿是潮濕的汗。但我卻聽過她母親的聲音，她經常來敲門，把L叫出去，要L去夜市買宵夜給打麻將的客人吃。這時L只好握著鈔票出門，把我一個人留在那間狹窄的木板房中。我坐在一盞檯燈之下，聽著麻將有如流水淙淙的聲音，由黑暗中不斷湧來，一種不真實的荒謬感籠罩著我。它讓我想起了我童年時成長的公寓，也有一條同樣用木板牆隔成的長長走道，也讓我想起了不管是在這裡或那裡，總有一些人被長久地禁錮在牆的後面，而在無光的巢穴之中，頑強的生命仍於此無聲無息地發芽、滋長，就以黑暗做為它唯一的土壤。

後來，我才終於第一次在沒有木板牆環繞的光天化日底下，見到了L。那是在一個充滿春日陽光的星期天上午。我走過街頭，忽然看見L和一群青少年，正坐在鐘錶行前的摩托車上聊天。L笑得很開心，兩條腿大方地叉開，手中還夾著一支點燃的香菸，和周圍的同伴比起來，她拿菸的姿勢顯得格外的幼稚而拙劣，但她的動作卻又特別誇張，似乎是在大聲地説話，那聲音陌生且不識。陽光落在她的髮梢、鼻尖、嘴唇和過度白皙的肌膚之上，閃耀出青春女孩本該擁有的光澤，但我卻彷彿看見了浮動在她身前身後的、那無所不在的暗影，那一條無人的幽靜長廊，那所謂的：她的家。

然後我走進了一個又一個陌生人的家。

為了賺生活費，讀大學時我接下很多家教，幾乎從來沒中斷過。我多半是到台大附近的家教社去找，不到五坪大小的簡陋房間裡，牆壁上貼滿了紙條，寫著家長們各種稀奇古怪的要求。有的人指定要台大醫學系的學生，據説，那不但是在徵求家教，也是在替女兒找一個未來的乘龍快婿。我站在牆前張望了半天，才總算看到有一位住在內湖的家長，要幫國二的女兒找數學老師。我高中的數學一向很好，在班上算是頂尖，但這位家長指定要師大數學系的學生，讓我猶豫了老半天。

「又有什麼關係？」家教社老闆從報紙堆中抬起頭來，說：「妳就說自己是師大數學系的，不就得了？」也不等我回應，他便直接打電話給家長，幫我約好了見面的時間，然後在紙條上沙沙寫下內湖的地址，交給我。

晚上我騎著摩托車，口袋裡揣著紙條，從北投、士林穿過自強隧道一路去到內湖。那裡對我而言是一個遙遠又陌生的地名，它離北投不遠，中間卻隔著綿延的山巒，相形之下，風景似乎要更加新鮮空曠，道路也要更寬闊整齊些。我騎了好久，終於抵達社區的門口，穿制服的警衛打電話進去，在確定我的身分之後，才把閘門緩緩地拉起。我惶恐地騎進去，在花木扶疏的別墅區中幾乎迷路。我從來不知道台北有這樣的住宅，還以為所有人都和我一樣，住在雞犬相聞、門戶洞開的老舊公寓裡。而當我找到紙條上的門牌號碼時，我停下摩托車，瞪大了眼睛，那更像是一間矗立在黑夜中的夢幻城堡，柔和的燈光透過大片落地玻璃窗流洩出來，而一排石階穿過了桂花樹叢，通向城堡的大門。我的雙腳不停發抖，想像裡面住著一個十四歲的小公主，也想起了許多浪漫小說中的情節，女主角來到一座富豪城堡中當家教，日後卻引爆了一連串匪夷所思的驚悚故事……。然而再多的浪漫，也不及難堪和激動，它們淹沒了我，我喃喃告訴自己，我根本不應該站在這裡的，更何況，我還是一個冒牌貨。

當我終於走進城堡，坐在牛皮沙發上時，深怕自己的腳會弄髒純白的長毛地毯，而一雙手也不知該要往哪裡擺，大概不出五分鐘，我就被男主人識破了身分，既非師大，更非數學系的學生。但他卻也不直接拆穿我，只是優雅地微笑著，不再談女兒家教的事了，而是靠在沙發椅背上，忽然悠悠地說起了過去的故事。

他說自己是師大美術系畢業的，但光憑畫畫過不了活，所以改行作彩繪玻璃燈，沒想到非常的成功，還外銷到歐洲去，現在是全世界上數一數二。他還特地站起身，從屋內拿出好幾盞燈來給我看，插上電後，一一點亮了，滿屋子七彩絢麗的玻璃燈環繞著我，似近忽遠，恍然如夢，然而我們家甚至鄰居卻向來只裝日光燈管的。我看得啞口無言，聽男主人叨叨述說他用燈所打造的傳奇王國，而一整晚，他念國中的女兒都默默坐在一旁，溫柔又閑靜，一雙修長的手指攏在百褶裙中，整個人籠罩在不可思議的幸福光暈裡。

這份家教自然是沒有接成。我騎著摩托車從內湖回到北投，迎面撲來的夜風，把我的臉颳得好疼，剛才太像是南柯一夢，而我誤闖入一個不屬於我的時空。於是我狂奔回家，坐在夜市的麵攤前大吃一頓，置身在喧鬧的來往人潮和油膩膩的小販之中，我的腸胃才稍稍得以回溫。然而至今，我對內湖仍懷有一份奇特的感受，或許也得要歸功於那一晚，那一片令人屏息而發光的大地，所留給我在空間上的奇異啟蒙。

一個空間切割出了另外一個空間，有形和無形的牆矗立在城市的街道上、轉角處，而我經常想像自己穿越過這些牆，化身成了牆後的他們——一些素昧平生，就連姓名也無從得知的他們，這多麼像是古代傳奇中所說的附身，或是還魂。而人生不過就是一場莊周夢蝶，醒了以後才忽然發現，根本沒有自己這個人，原來一切皆是虛妄，張開眼睛，從此見到的不再是人，而是懸浮著夢與夢相連的無窮泡沫。

想像力的泡沫帶我遠走，離開此生，走入別人的他生，而這正是小說的開端，不是詩。所以我不可能成為一個詩人，而是成為一個穿牆者，一個老是把別人的故事馱負在背上的苦行僧，老靈魂。這份負荷或許會壓垮了我的肩膀，我的雙膝，但卻足以使我的心稍稍變得柔和。

於是文字鋪成的軌道，通往的是自己以外的人生。我開始學習離家，而從此以後，就幾乎不再復返，我在一個個不屬於我的屋頂下流浪、漂浮。就在大四那年，為了準備研究所考試，我在師大附近租了一個小房間，離學校近些，也好專心溫書。房東是一對年輕的夫妻，稍長我幾歲，剛從南部上來，租下一樓的店面開影印行，而多餘的地方就用薄木板隔成了兩間雅房，分租出去當起二房東。

我租了其中一間，另一間住的是一位香港來的理髮師，一個打扮時髦的男人，只要他走過我身邊，許久以後，都還能聞到一股濃得化不開的香水味。而我的房間就夾在影印行和香港人的中間，那房間非常小，才不到三坪大小，地上鋪著綠色塑膠泡棉拼裝成的地毯，再放上一張單人床墊和小茶几後，剩下的空間就只容走動和旋身。我連衣櫥都沒有，只好到夜市買了一只三層的組合櫃，擱在房間角落，把所有的家當全都塞進裡面。

房間雖小，我卻非常喜歡它開了一扇對外的窗，打開窗，外面就是一條寬敞的巷道，再過去便是師大的水泥圍牆，春天時分滿滿的綠葉從牆上浮現出來。每當有同學來找我，只要走到窗前，輕輕彈指敲兩下，我就立刻知道了。從小到大，我從未住過有窗的房間，所以便感到它格外的珍貴了，就因為每天早上從窗口曬進來的這一方金色陽光，就算是地方再小、房租再貴，也都變得可以忍受了。

我大學生活過得荒唐，把大多數時間全都耗在大街的遊蕩和嬉戲上，所以臨到大四才不免緊張起來，我辭掉所有家教，專心準備考試，也因此經濟一下子變得很拮据。每天我苛扣著飯錢，一餐只准花十元，白天去圖書館看書，坐在椅子上，把書從背包中一本本拿出來，排放在古老的木頭桌上，再捻開綠色燈罩下的鵝黃燈泡，光是看著溫柔的光芒靜靜落在書脊上，心底就沒由來地感到一股安寧和快樂。讀累了，我爬起身，在圖書館內的一條長廊來回散步，透過窗櫺，望向窗外校園的風景，杜鵑花叢盛開了，而再過不久，就會有人收集落下的花瓣，在草地上排起字來。筆直的大道上椰子樹長得又高又挺，中間是一口著名的黑色傅鐘，每天準時叮叮噹噹地敲響起來，敲到黃昏，火紅的太陽落下地球的盡頭。

晚上我從圖書館出來，騎腳踏車去師大宿舍地下室的學生餐廳，用十塊錢打包一份菜，再挖一大包免費的白飯和湯，提回租屋處，坐在小茶几前一面看書一面吃，每一天都是如此度過，日復一日。奇怪的是，我當時一點也不以為苦，或許是年輕，也或許是生活中有了明確目標的緣故，就在那一間小小的斗室中，我反倒油然地生出了一絲絲喜樂。

就在我窩在茶几前讀書的時候，影印行的機器正反覆吐出紙張的唰唰聲，不斷透過木板夾層清晰地傳到了我的耳朵。隔牆的那對夫婦不也像我一樣，正在為一個明確的目標而奮鬥嘍？年輕的妻子懷孕了，每天挺著大肚子坐在一張高腳椅上，從早到晚雙手不停地影印，有時候生意好，印到徹夜未眠也是常有的事。他們的生活看似比我還要單調無聊，然而再平凡的生活，也自有它的悲喜哀樂，我經常聽見他們活潑的談笑聲，也經常聽見丈夫的吼叫，妻子的低聲哭泣，但不管是哭或是笑，影印機的聲音卻始終沒有停過，規律地唰唰來回震動著，反覆蕩漾，就像是一首曲子中的頑固低音。

至於住在我隔壁的香港理髮師，因為工作的緣故總是睡到很晚，中午出門，一直要到夜半才返家。但每晚他幾乎都帶不同的女孩回來，有講廣東話的，也有國台語，做完愛後，他照例總不肯睡，硬是要用蹩腳的國語和女孩談天。那時的我卻早已熄燈躺在床上了，黑暗中隔著木板牆，傳來一段又一段城市男女的無聊心緒，而樹影搖曳恍惚，映照在房中唯一的玻璃窗上。就在這一方狹小的尺寸之地，竟匯聚起無數難言的歡喜和寂寞，我擁緊棉被，隔牆飄來斷續話語，我聽著、聽著，竟像是躺在黑夜的大海之中，不知從何處拋來一只沉沉的錨，咚地一下便直落入心底。

於是我又會不禁回想起童年時代的公寓，那些曾經讓我憎恨不已五味雜陳的空間，那些寄居在木板隔牆之中、來路和去向皆不明的異鄉客，如今，他們卻不知身在何方？是否已找到了一個安居的家？或是仍在牆與牆之間穿梭漂泊，就像今夜的我一樣，孤單一人，靜悄悄地聆聽木板牆後陌生男女的愛恨嗔癡？在黑夜中我閉起雙眼，彷彿看見他們手執燭火，從四面八方陸續向我走來，面容蒼老但神情肅穆，那些遠方歸來的說故事者，嘴唇微微地啟闔著，無聲無息地在對我說：雖然我們彼此的人生，僅只是在一瞬之間交叉而過，但故事還沒有完，它仍然在繼續中。

故事還沒有完，一千零一夜，連綿滋生成了宇宙，而生活永遠在他方，光點從黑暗之中緩緩浮現。我張開眼說：要有光。於是，生命就有了光。

每當無所事事的下午，我從台大研究生宿舍走出來，沿著羅斯福路的紅磚道走去搭公車，然後隨著車子晃啊晃的，抵達太陽系MTV。車窗玻璃匡啷啷的震動，震到人頭皮發麻，但如今的我卻好懷念那時公車如何在顛簸的路面上彈跳，整個人幾乎要從座位上飛了出去，而我的懷裡卻還緊緊抱著聖瑪莉剛出爐的法國麵包，暖洋洋的，一路上聞著麵包的香氣，克制自己不可以吃啊不可以吃啊，因為要留著待會兒躲在MTV的黑暗包廂裡，一口一口搭配著楚浮。

那便是年輕時最奢華的一頓饗宴了。但彼時台北的下午，不知為什麼總是冷冷清清的，街道空曠，只剩下落了一地的枯葉，還有白色紙張在黑色的柏油路面上打滾，讓人誤以為莫非是新年的假期到了。然而，那種冷冷清清畢竟是午後的一場錯覺罷了，就好像楚浮，也總是讓我產生永遠都是夏日的錯覺一樣。

喜歡楚浮，說不出理由。

他不像侯麥老是喋喋不休；不像高達，真是聰明又深奧；也不像帕索里尼，把文明、道德和經典拿來拆解顛覆；更不像安哲羅普洛斯，國族、政治、寓言的企圖多麼深邃龐大。這些導演的電影，適合留到年紀更大一點的時候觀賞，然而楚浮的電影卻是屬於年輕人的。看了楚浮，我們會忍不住站起來，想要去模仿，模仿電影裡的人在風中飛也似地用力騎腳踏車，大笑，作鬼臉，搖晃腦袋，像隻機靈的小鳥一般輕盈地唱歌，或是住在一間有百葉窗的白色屋子裡，打開門，跑出來，在發光的草地上打滾，然後捧起對方的臉瘋狂親吻，或是嘴巴咬著菸，繞著房間行走，假裝自己是一列噗噗作響的蒸氣火車，拉長了嗚笛穿過山洞。

因為楚浮，二十出頭歲的我們非常法國，心目中美女的典範，才不是現在流行的日韓女星，而是《夏日之戀》的珍妮摩露和《日以作夜》的賈桂林貝茜。她們有著一雙堅定的眼神，驕傲的嘴角，刨光木頭似的修長小腿，蓬鬆的長髮，纖細的身軀上套著寬大的毛衣，或者是一襲剪裁合宜的洋裝。她們謎一般的內在性格，卻要讓所有不幸遇到她們的男人，都甘願因此而受苦、瘋狂。

其實我已經記不清是為了楚浮，才迷戀法國的，還是為了法國，才迷戀楚浮。但二十出頭歲的我們，真的是非常法國，苛扣著把飯錢省下來，跑到和平東路的「法國工廠」買貴得嚇人的海報和卡片，回來貼在宿舍中每人空間不過一坪大小的牆上。台北第一次舉辦法國影展，我就興匆匆趕去排了整整四個小時以上的隊伍，只為了看「IP5」。直到十多年後的今天，那部電影裡一大片懸浮在夢境似的綠色森林，巨大參天的樹木，都還深深地烙印在我的腦海。

在那段年輕的日子裡，時間多到彷彿用不完，足以讓我們完全脫離現實，去編織一場法國夢。然而事實上，那時我們的生活卻是非常的不法國。公館捷運的工地就在研究生宿舍旁邊，夜以繼日，不停發出巨大的撞擊聲，好像從宇宙洪荒開始就一直存在那裡，沒完沒了似的反覆，也不知道究竟在撞擊些什麼。從舟山路走到羅斯福路時，我們必得要提心吊膽，稍微不留神，就會被工地噴得一身的泥漿。我們經常在瀰漫臭氣、又悶熱不堪的水源市場角落，解決三餐。傳說以前公館有一條清澈的河川，四周環繞著綠色稻田，但這聽起來，卻活像是一場遙遠的天方夜譚。因為窮，我必須要接下很多家教，應付各式各樣的奇怪小孩，然而聘請家教的家庭，竟也不全是富裕的，有的付不出家教費，到了月底，小孩的母親只好抱歉地微笑著，搓著一雙粗手，從廚房中拿出三罐味全蘋果奶粉，硬是要給我作為抵押。我抱著三罐奶粉，慢慢地穿過黝黑的狹巷，公寓騎樓中傳出濃烈的尿騷氣味，摩托車的機油流成了一灘灘黑到發亮的血，我墊起腳尖，小心繞行，以免一個不慎，踩得滿腳烏黑。但我卻總還以為自己是走在楚浮的電影裡的，非常之法國的輕盈，而四周圍也不是濁重的黑夜，而是一個吹著涼風，樹葉嘩嘩作響的陽光明媚的夏天。

於是楚浮在我的生活中矛盾地存在著。

但奇怪的是，我一點也不覺其矛盾，雙重的生活並行不悖，就如同是一首完美的賦格。《夏日之戀》是反覆看過很多次了，我把歌詞抄錄下來，照著珍妮摩露的嘴型，唱起一字也不懂的法文歌。盛夏的夜晚，空氣悶熱黏濕，我坐在女生宿舍的桌前，室友都睡著了，只剩下我一人獨自面對鏡子，模仿起珍妮摩露的表情：那種抬起下巴的微笑方式，那種令人見到了以後，都不禁感到可以值得為這微笑付出一切的微笑。就在此時宿舍窗外那方單調又沉重的夜，也因而閃爍起了晶瑩的星光，那星光是如此之燦爛，一如電影膠卷上迷離跳動的光點，在這座城市的上空打開了一扇又一扇遁走他方的窗。

直到近年，我才讀到夏宇翻譯的亨利—皮耶・侯歇《居樂和雋》：《夏日之戀》的原著小說。而《兩個英國女孩與歐陸》也是改編自侯歇的作品。讀著讀著，二十多歲的記憶又不禁啪啦啪啦地回來了，彷彿是大夢初醒一般，沒有想到小說寫得如此簡潔有力。楚浮說：「這本小說敍述的是兩個朋友與他們共同愛人之間的故事，幸虧有一種一再斟酌衡量過的、全新的美學式道德立場，他們終其一生，幾乎沒有矛盾地溫柔地相愛。」

全新的美學式道德立場；幾乎沒有矛盾地溫柔地相愛。

而如此美學式的道德和溫柔的愛，雖然也被年輕時的自己不切實際地嚮往過，但在付諸作為時，竟又往往是充滿了不堪的粗心與盲目。如今十多年過去了，我才真正能夠懂得，楚浮這段話究竟是什麼意思？然而可惜的是，珍妮摩露在電影中美麗依舊，但夏天卻是一去，就再也再也不能夠復返了。

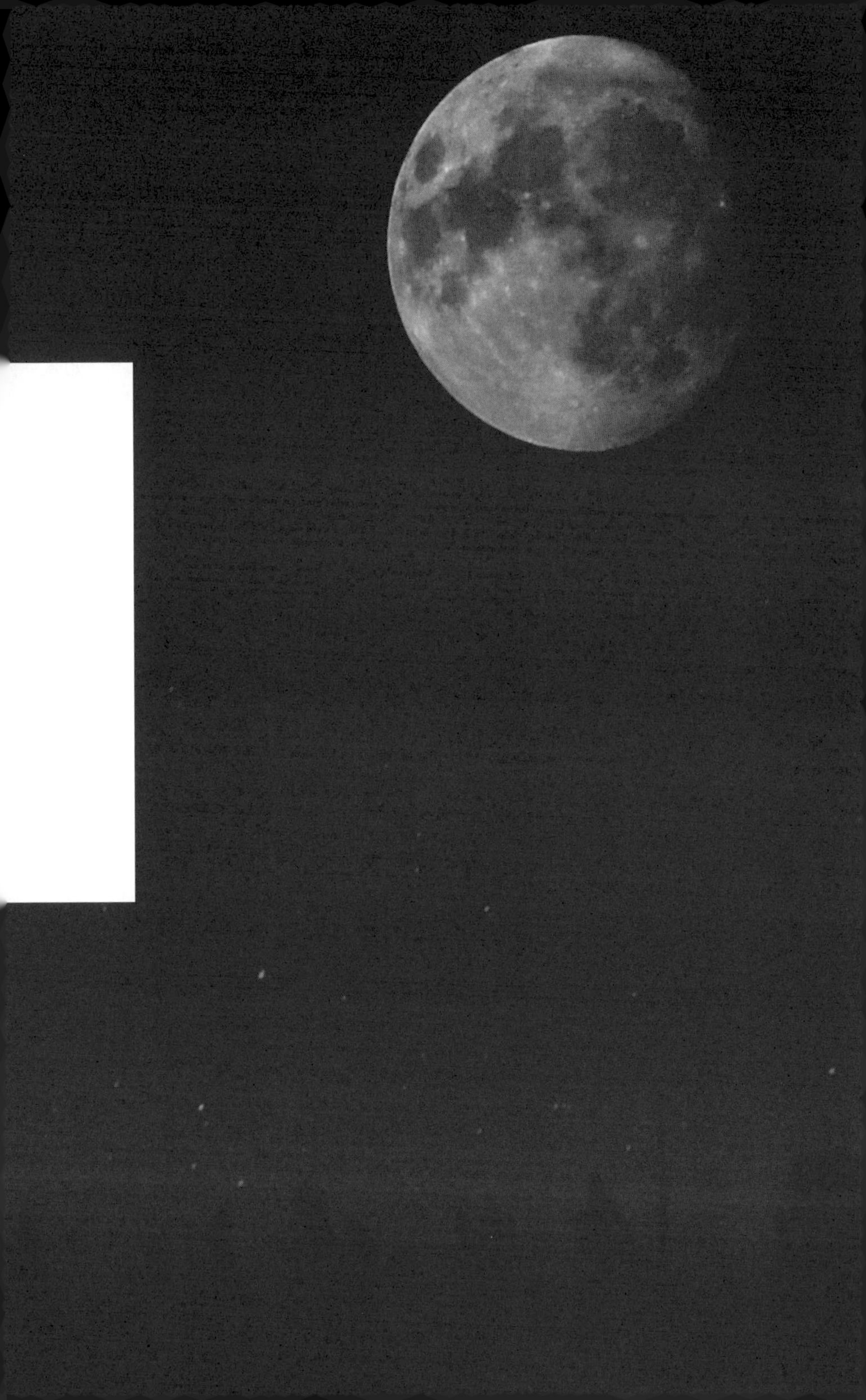

第二部

晚禱

父親的手提箱

母親說妳是我的女兒嗎我可不可以不要生下妳，塞回我的肚子吃掉尚未脫落的胎盤，我的子宮不給任何人歇息。父親說妳是我的女兒嗎我可不可以抱抱妳，跳隻最後的舞給我看吧倒杯已涼的茶給我喝，直到死時，我才終於知道原來我愛妳。

——郝譽翔《逆旅》

青春的夏日過去了，蟬蛻化之後留下空殼，被風一颳，輕輕地落入了泥土裡，而接下來，就是秋天到了。於是故事又可以回到這本書的起點，就在四十年前的那個黎明，曙光迷濛，照在迎接我生命的一雙大手上，那一雙屬於一個始終無法被命運所規馴，因為對自由過份熱愛以致狂放不羈的男人的手。然而在四十年後，男人生命中的最後一天，秋日的夜晚，秋聲肅殺，一切都宣告煙消雲散了，只剩下一隻手提箱。

這隻手提箱現在靜靜地躺在我的眼前。而此刻夜已經很深，時針逼近十二點，就連這一天也即將結束，沉入黑暗之中，徹底地告別，永遠再也不會回頭。我獨自一個人坐在書桌前，拎起父親的手提箱，非常重，放到桌上時發出砰地好大一聲，把原本趴在角落睡覺的貓嚇了一跳。牠彈起來，抗議似地向我喵了一下，便弓起背伸懶腰，跳下桌子去了。我看著牠隱沒在客廳的黑暗裡。

這樣也好，把整張書桌全都留給我。我把檯燈捻開，一剎那間，鵝黃色的光芒均勻地落在箱子上。我伸出手指輕輕地撫摸著它。

這隻手提箱是用黑色牛皮做成的，包覆在鐵殼外面，但已經非常老舊，四個角落的邊緣都被磨損，露出些許冰冷的銀灰色澤，就像是父親晚年鬢角再怎麼勤於染黑也無法遮掩的白髮。自從有記憶以來，我就看見父親提著這隻箱子，不論走到哪裡，他都要提著它，彷彿所有重要的東西全擱在裡面，當他在診所幫人看病時，也把手提箱放在腳邊，讓它倚著牆，靜靜地站立著，就像是一個忠實的小兵。手提箱擺放的位置非常隱密，別人不會注意到，但是我會。我知道那將帶給他安全感。

然而此刻這隻箱子卻來到我的手上。

我看著它快要四十年了，今天才第一次發現它居然有這麼的沉，接下來，我還要把它打開。皮箱上緣是一排密碼鎖，我本來有些擔心，但幸好，我按住兩旁的鎖扣，往外一扳，啪噠一下，蓋子便順利彈開了，裂出一條黑色的細縫。我看著那條細縫，就像站在高深陡峭的峽谷邊緣，一時間，竟然有些目眩，手心微微地冒出汗來。

是誰准許我去打開箱子的呢？沒有人。我的一雙手指似乎在發抖，但我又感到，這是父親刻意留下來的，或許不是給我，但他希望有人看到。他希望可以留下一點什麼。這是他最後想要說的話。是的，他不甘心，生命不該就如此草草地陷入沉默。

我的手指扣住箱蓋，慢慢往上拉，拉開以後，最上面露出來的是一紙小小的登機證，出發地點是河內，抵達地是台北，而登機證的下面是一張被折得方方正正的地圖。我想了一下，先把登機證和地圖拿出來，放到旁邊，接下來，箱子裡出現了一疊用黑色長尾夾扣住的稅單、診所健保費報帳表格，以及一本灰色的筆記簿，是父親生命中最後兩年的日記。他本沒有寫作的習慣，我翻開第一頁，上面卻寫著：

現在夜已深了，但我睡不著，爬起床，決定從今天開始，要把這一切荒唐的景象全都一點一滴記下。我到這間診所上班不到一個月，卻發現四周越來越充滿詭譎不安的氣氛，在半夜中，我常驚醒過來，便無眠直到天亮。我本以為是自己年老多慮，但在今天中午，果然被我發現診所的老闆段〇〇，以我的執照開業，卻趁我不在的時候自行看診，她只是高商畢業，寫病歷用中文還夾雜注音，如此草菅人命，令我不免驚駭萬分。我想看診所申報健保的帳冊，段卻故意將它鎖在櫃中，大喊大叫怎麼也不肯給我。我一生自問清白，無愧於人，如今卻恐將毀於一旦，故我要寫下這本日記，將是說明我清白的最好證據……

我啪地闔上它，不忍再讀下去，一張照片忽然從簿子中滑落出來，是父親和一個女孩的合照。照片的背景是一棟用木頭釘成的小屋，歪歪斜斜的，大門漆成土耳其藍，但刷的手法很是粗糙，門板半掩，因此看不見屋內的狀況。木屋的後面是一片土黃色的山坡，上面凌亂地長出些雜草，還有兩株營養不良的灌木，樹葉又圓又小，上面蒙著一層泥褐色的沙。父親和女孩就站在木屋前。他穿著一件變形蟲圖案的港衫，左手環繞在女孩的肩膀上面，而女孩才二十歲左右吧，皮膚偏古銅色，身材非常嬌小，但頭髮卻很豐厚，又黑又亮，在腦後紮成了個馬尾。她穿著白色短袖T恤，牛仔褲，兩隻手交叉放在肚子上，面對鏡頭，露出了孩子氣的笑。

我注視照片中兩人的笑臉，大概可以猜到這是哪裡，並且我也認得這個女孩。是的。我見過她，聽過她的聲音，她的喊叫。即使好多年過去了，我也仍然聽得到她，一清二楚的，在白天，在黑夜，在街頭的人群中，在樹葉搖晃沙沙作響的森林裡，在嘩啦啦的河流底，在陽光下。我一直聽得到她。

她在對我喊：「去看他，去看他。」

露珠從葉子的尖端滾落下來。一群灰色的鴿子潑喇一下飛向天空。火車奔馳過去，刺眼的光芒迎面撲了過來。我就又會聽見她的喊叫。她在喊：「去看他，去看他。」秋夜的黑幕兜頭籠罩而下，蓋住了我的雙眼，遠方彷彿傳來一陣雷電，倏地閃過夜空，把這一切都照得無比明亮，我忽然明白，這一次將會是真的了，再也不是小時候父親慣常玩的失蹤遊戲，而這一次，他將真的消失不見，再也不會回來了。

「去看他。」越南女孩是這麼說的。

那是在昨天，也就是二〇〇五年中秋節的傍晚，當手機響起來時，我正坐在桌前處理一堆電子郵件，這時的我總是特別心煩，最怕有人跟我講話，我會一句都聽不進去，更別說越南女孩的國語，除了「去看他」三個字以外，她說的我全聽不懂。還來不及等她說完，我就把手機給切斷了。

一定是惡作劇，要不然就是詐騙，現在的人什麼花招都有，並且演技一流。過沒兩分鐘，手機卻又響起來，又是她，這一回她哭了。

「去看他，去看他，」越南女孩一邊哭一邊喊，在我聽得見卻看不見的遠方。在那裡，除了她的哭喊之外，背景全是一片空白。她的語尾拉得特別長，就像是站在滔天的大浪底下，唱起了一首絕望的歌。她喊著，用盡了全身的力氣，然後喊出父親的名字。三個字，最後的一個字是「海」，但她的發音不準，總是把它念成了「孩」。孩。孩。孩。越南女孩大喊，海浪迎頭打過來，回音消失在銀白色的水花之中。

我搖搖頭，別想騙我。

我把手機切掉，站起身，走到廚房打開冰箱，為自己倒了一杯水。我拿著杯子走回客廳，靠在落地窗前，這時天色已逐漸黯淡下來，眼前一條蜿蜒的新店溪，流過台北縣市的交界，薄暮之下依稀可見白鷺和雁鴨飛過的身影，而河岸兩旁陸續燃起燈光，像是草叢中的螢火蟲正在一閃一閃發亮。這一條溪水上游可以追溯到烏來山區的燕子湖，然後一路流到了新店、公館、永和這一帶，形成一個大彎，是沿岸人口最稠密的一段，溪水經常呈現半枯竭的狀態。我看著窗外，很難相信就是它供應了整個大台北地區的水源，而我原來就是喝它的水長大的，這感覺真有點不可思議。黑夜裡，環河快速道路變成了一條閃亮的長帶，鑲在河邊，對岸就是台大體育館、遠企，再遠一點是台北一〇一，幾幢建築物就像是發光的積木體堆聚在一起，漂浮在台北盆地之中，又像是一片汪洋上的海市蜃樓。而我隔著一條河，站在二十樓的高度遙遙地俯瞰它。

位在對岸的台北城，已經離我遠去了。如今的我抽身出來，站在這裡，有玻璃帷幕和氣密窗保護的高樓，隔絕了一切喧囂，觀看眼前的城市，猶如在欣賞一部流動的默片。而這裡卻是屬於我一人的城中之城，所以住得越高越好，在封閉潔淨宛如科幻電影的空間裡，遙遙望向腳底下的凡間。現代的奧林帕斯山。距離讓我鬆了一大口氣，彷彿如此一來，這座城市便再也不能控制我，再也不能用公寓幽暗的樓梯間、密廂的鐵窗和生人混雜的氣味來淹沒我，窒息我，而沒有人知道，我有多麼寶貴此刻的自由。我花了好大的心血，才好不容易換到它。

我喝下一口水，水順著喉嚨流到體內，涼涼的，空氣中瀰漫起一股奇異的灰藍，我赤著腳，踩在木頭地板上，有點冷，這才想起來今天已是中秋了，意味著夏天早就過去，秋天也快過了一半，接下來，就是冬天。在這個重大的節日中，家家戶戶一定都在烤肉，蹲在公寓的巷口，架起了小鐵爐，把木炭燒得紅紅的。我幾乎可以聞到焦肉的香氣，也幾乎可以看見灰白的狼煙在每一戶人家門口升起，但不知怎麼的，我竟聯想到那是末日城亡，無聲無息的求救訊號。

不祥的預感爬上我的心頭。

一定沒事的，我安慰自己，今天是一個歡樂的節日，所有的人都正在用大吃大喝來慶祝，我實在不該想太多。於是我走回書桌，繼續剛才被打斷的工作，手指飛快地敲打電腦鍵盤，回覆一封書稿的邀約。出版社要我幫一位法國年輕女作家的小說寫推薦序，他們花費很多力氣來說服我，強調這本小說有多麼的精彩。過去的我，可能會被這些熱情洋溢的說詞打動，但現在的我卻搖搖頭。我的婉拒信盡量寫得客氣。我知道台灣出版社的壓力很大，他們總是花天價去搶購國外小說的版權，但卻對自己本地的作者很吝嗇。沒有辦法，一個小小島國的市場有限，而現實就是如此，天生的自卑，長在每一個人的身上，包括我自己在內。這沒有什麼好爭辯的。所以現在的我才決定要作自己，再也不要被外界打擾，我要在我的日常生活之中，找到屬於自己身體的律動和節奏，那裡才是成功或失敗的祕訣，然後我要去順從它，不再隨他人起舞。我要耐心地等待，等待最後的一天自己到來。而這件事對現在的我來說，比起什麼都還要來得重要。

我專心注視著電腦，手機卻又響起來了，又是那個越南女孩。

她不是被父親送回越南了嗎？我很不耐煩，今天早上父親剛從河內搭飛機回來，電話中，他說把女孩送回娘家了，只有自己一個人回台北，他沒有多作解釋，口氣聽起來長途跋涉非常疲倦，我也不想多問。去年底，父親才特別去越南迎娶這個女孩，但現在卻又把她送回去，教人作何感想？不過，我看著手機上顯示的號碼，卻還是台灣的，不禁糊塗了，電話中的女孩到底是誰呢？如果她已經回越南，怎麼還在使用台灣的手機？莫非是她不甘心回去，所以才打電話來報復？又或者，這是她留在台灣的一夥同黨，綁架父親又假扮成那個女孩，想要向我們敲詐一大筆錢？我的腦海中浮現黑幫電影的畫面，於是再也沒有辦法安靜地坐在電腦前了。我站起身，在客廳來回地踱步。

這時窗外的天已經全黑，城市燈光盡情燃燒起來，比天空的銀河還要燦爛耀眼，甚至奪去了滿月的光輝。這個世界實在太美，也太瘋狂，而我的手機又響了，這一回，我決定立刻接起來。

「去看他，去看他，」越南女孩還在不死心地喊。她哭得太厲害了，原本就說不清楚的國語變成無意義的呻吟，這已經超過我忍耐的極限，我禁不住一字一字大聲說：

「妳究竟是誰？妳不是回越南了？怎麼還在用台灣的手機？妳到底想要做什麼？說清楚，不要對我玩花樣，我是不會輕易上當的……。」我一邊吼，一邊卻沮喪地想，這一大串中文她聽得懂嗎？她知道「究竟」、「花樣」、「上當」是什麼意思嗎？我想要用最簡單的中文來表達，卻發覺根本做不到，我連一個三歲小孩子都比不上，而越是這樣想，舌頭就越不靈光起來。

但我是白擔心了，因為不管我說什麼，越南女孩只是一次一次重複地喊：「去看他，去看他。」我再次把電話切斷，握著手機，站在黑暗中，四周回復到原先的寂靜。而那寂靜正虎視眈眈地看著我。我抬起頭，看見母親走出來，靠在房門上。在這之前，她一直躲在房間內看電視，看一部早就已經看過三次以上的韓劇。在人生的最後階段，她把看韓劇當成了一項重大的必修課。

「一定是詐騙集團，」母親說，「昨天電視新聞才講，現在詐騙的手法越來越新了……」

沒等她說完，我就打斷她，請她回房，我說這件事情由我來處理就可以。母親遲疑了一下，默默地望著我，燈光太暗，她的臉陷落在大片的陰影中，我只能看見她舉起右手，下意識地抓住衣領，手指不斷來回搓揉著胸口。那是每當她在緊張的時候，就會不由自主出現的反射動作。

「我害怕……」她喃喃說。

「怕什麼？」我粗聲回答。

我不是說：「不要怕」，而是說：「怕什麼」，好像我一點都不怕，但其實我怕得要命。我從來沒有處理過類似的事，即便想像過，但當現實一旦直逼到眼前時，卻還是荒腔走板變了樣。我的手機又響起來了，母親正注視我，等著看我要如何回答。我轉過身去背對她，把手機貼在耳上，這一回，我聽到越南女孩努力不哭出來。她咬著牙，念出一個地址。

「去看他，中華路兩百九十七號……」她說了一遍，又一遍，又一遍。

我沉默下來，沒有錯呀，我知道這條馬路。每一個台北人都知道。中華路。沒有錯。一條外省人出沒的道路，從南門到北門，劃過一百年來始終被外來者所盤據的台北城邊緣。那附近的道路在日本時代叫作宮町，書院町，後來國民政府來了，全改成大中國的名字：衡陽、重慶、峨眉、武昌，囤積著一股外省食物混雜油煙的老舊氣味，川菜館，牛肉麵店，溫州大餛飩，上海菜飯，俄羅斯點心，以及只有這一帶才買得到的父親最喜歡的山東槓槓頭，咬一口，牙齒都要掉下來的又冷又硬。而父親常去的圍棋社也藏在那棋盤似的街道裡。難道這個越南女人沒有說謊？難道真的有什麼事情發生了？難道，難道她所說的「他」，名字中第三個字是「海」的男人，正在那一條路上等著我？把他一那雙布滿老人斑的手，無助地伸向空中？

我握著手機，視線越過落地窗外重重疊疊的樓房，越過大片懸浮在黑暗盆地上的燈之汪洋，看見了忠孝西路新光三越發亮的尖塔，高高地聳立著，彷彿比環繞四周的山脈都還要高，然後我的視線順著塔尖，沿大樓赭紅花崗岩壁往下滑，左轉，流入了暮色中車潮匯聚而成的一道光河，流入了這一座僅有百年歷史卻已經三易其主、走過清朝、日本、中華民國的台北城，流過了古老的北門郵局，流入了日本時代暗褐色磚砌建築所連結而成的街巷，再流入了其中的某一棟大廈，而老舊的電梯搖搖晃晃，緩慢地一直往上升，往上升，最後電梯的門硿咚一聲打開了。我似乎看見父親的臉孔，由黑暗中突然啪地一下浮現出來，就像是一朵明明已經老去，卻還是那般妖異且鬼豔的花。

我往後倒退了一大步。

那不是他，可又分明是他。我揉揉眼，渾身顫抖著，但在同時，我卻又清楚地看見一塊墨綠色的鐵牌鑲在牆角，上面寫著門牌號碼。我張大了眼睛，嘴角激烈地緊繃起來，這一次，換成是我對越南女孩大喊了。

「妳說謊！妳說謊！根本就沒有這個地址！中華路有分段！」於是我再也不管她是否聽懂了，我顧不了這些，一連串的句子從口中爆炸開來，「妳不要再玩花樣了，去找一個會說中文的人來，搞這一套騙小孩子的把戲對我是不管用的，妳到底是誰？到底想要什麼？就一口氣老老實實說清楚講明白吧，不要再來糾纏……」

這一下，越南女孩忽然安靜下來了，過了好幾秒，手機那頭才又逐漸傳來她的哭聲，但這一次她不再激動，也不再高昂，反倒充滿了一股沉沉的倦怠。「去看他，」她再一次說出了父親的名字，頑固地，一字一停頓，「他・說，他・最・愛・的・人・

就・是・妳，就・是……」然後，她說出了我的名字。

我的名字，三個字，最後的一個字是「翔」。向上提高的第二聲，宛如鴿子展開一雙雪白的翅膀，滑過了眼前的夜空。

當聽到我的名字，以走音兒歌般的奇怪腔調，從一個越南女孩的口中吐出來時，我的嘴角止不住地發顫，整個鬆垮下來。我覺得既委屈，又難堪，眼淚嘩啦啦地沿臉頰滾落。這一個名字中藏著大海，卻總是被越南女孩念成了「孩」的男人，我的父親，終於再一次成功地消費了我的情感，以最廉價的速成方式，並且選擇在中秋節的這一天，分明是要故意懲罰我們似的，教人一輩子也不能遺忘，而這完全符合他的個性，沒有錯，千真萬確。「愛」這個字眼是從未說出口的、最後的底線，在將近四十年來忽斷忽續的父女關係之中，在他生命即將結束的一刻，他終於亮出了壓在箱底的一張王牌。這恐怕不再是騙局了，而是他布下的最後一只棋子，我將被迫不得不去跟隨。

我握著手機，坐在電腦前，螢幕在黑暗中發出青白色的光芒，但一個念頭忽然朝我打來，如果，如果越南女孩所說的中華路，根本不在台北市，不在父親常去的圍棋社附近，而是在三峽呢？兩年前，父親移居到那兒，先是住在復興路上，但兩個月前又換了一個新的住處，我還來不及去過。於是我在網路上敲出了三峽中華路幾個字，沒幾秒，幾十萬筆資料便唰唰地跑出來。我的手指顫抖著。真該死，我為什麼沒有想到，不管哪一個鄉鎮都有中華路呢？一股寒冷爬上了我的脊梁。

電話那頭越南女孩沉默著，她還在等我的回答。我閉上眼，感覺到自己的臉孔在抖動，彷彿正在一點一滴地碎裂開來，而從今以後，都將再也無法拼湊完全，於是過了好幾秒，我才終於開口。我說，「好，我去看他。」

夏日夜晚・尖叫

我聽到了全城在沸騰，在我心中，在我的血液裡，我們這些到處漂泊的人……

——勒・克萊齊奧《金魚》

我最後一次去看父親，是在父親節。

這些年來，節日成了維繫我們父女關係的唯一管道，農曆年，父親節，恰好半年一次，不多也不少。當決定去看他時，我心中非常不安，先前農曆年我患了感冒，沒去看他，可能把他惹惱了，當我打電話過去道歉時，父親一聽是我的聲音，也不掛斷，就是把話筒擱在桌上，喀啦一聲，讓我在線路的另一頭足足等候十多分鐘。直到確定他沒有要接起來的意思，我才將電話放回機座上。

我還記得，大年過後的氣溫特別低，天空灰濛濛的，冷空氣颼颼在我的氣管和肺葉之間竄流。我聽得見它。我裹著一件毛衣，坐在地板上，剛吃過感冒藥，身體還鈍鈍的，我望著落地窗外的新店溪發呆，回想剛才從電話中聽到的聲音。我聽到父親在笑，距離話筒很近。我原以為他是在對我笑，但不對，聲音的方向不對。然後我聽到一個女孩子在說話，是那個越南女孩，他剛娶回來的年輕新娘，她在桌旁來回地走，拖鞋啪啦啪啦打著地板。他們兩人似乎一直在說話，又似乎只在發出一些咿咿呀呀沒意義的聲響，但父親卻還是一邊說一邊笑。

但他卻不願意和我說話。

那為什麼不乾脆掛掉電話呢？是企圖羞辱我嗎？我沒辦法再想下去了，腦袋好像被石頭卡住的滾滾溪流，來回撞得好疼。我得要安靜一下，然後對自己輕輕說，我覺得委屈。是的，我大可以理直氣壯這麼說，因為我已經長大了，不再是一個任人擺佈的孩子。我告訴自己，只能讓這種負面的情緒盤據五分鐘，等到五分鐘過後，我就要把這一切都放到身後，不再回頭去看一眼。

半年過去了，我更記得的其實是那一天的灰冷，細雨連綿，連身上的毛衣都幾乎結成了冰，而當雨霧散去，太陽又漸漸回到陽台邊緣時，新店溪畔的草地恢復了綠意，鴿子也再度飛過窗前，冬天褪去，夏天到來。八月八日，我坐在客廳同樣的位置上，撥了電話給父親，而這一次，我們假裝什麼都沒發生過，行禮如儀，約好在三峽復興路尾的橋頭見。

這二十年來父親落腳的地方，都是環繞在台北市邊緣之外的小鎮，板橋、深坑、石碇、瑞芳、新店、土城、三峽，究竟是從何時開始，他便悄悄地從市中心的中山北路、林森北路撤出去了呢？他和母親個性相反，母親總是把所有的錢攢下來買房，唯有房子才能帶給她安全感，但父親卻一輩子四處浪遊，從沒想過置產。不過，截然不同的兩人，命運卻還是殊途同歸，當九〇年代台北房價飆漲，母親把房子賣了，看準正被炒作的中部房產，在台中縣市交界處一口氣買進了大廈的三層，站在高樓陽台上，眺望乾涸的旱溪，蜿蜒的馬路上都是指甲大小的車輛在爬行，而整個大里市的芸芸眾生，就這麼一下子全被我們踩在腳底。但沒料到幾年後，九二一地震一來，旁邊的社區坍塌成為廢墟，而母親的大廈幸好沒倒，但也已經成了半倒屋，好長一段時間不能住人，畢生心血幾乎化為烏有。也正是在同一段時間，父親才恍然大悟，原來不知不覺中，隨著台北房價租金的節節高漲，地域空間的階級化越來越明顯之後，他居然再也沒有能力回到這座城市的中央了。他人生的巔峰期已過，只能夠越退越遠，退到邊緣小鎮的街巷之中，開起簡陋的診所，在門口的玻璃貼上他自己用毛筆寫的紅紙：精割包皮，專治菜花。

就在三十多年前，父親和母親一前一後從南部來到了台北，如今卻又被它吐出，而吐出以後，他們兩手空空，輾轉半生，回到了原點，睜開眼，已是站在牆外，看著矗立面前這一座變形妖獸般不斷膨脹的陌生都市，宛如南柯一夢。

◆

就在父親節那天，我開車從永和出發，走北二高，下三峽交流道，才花不到半小時，原本記憶中必須穿山越嶺的三峽，如今早非老城，而換了一副全新的面貌。高速公路打穿山壁，使得距離感大幅改變，衛星城市在台北的周遭增生繁衍，彷佛向外接連吹出去的泡沫，但說穿了，也都還是土地的開發和炒作，在資本主義的體系之下，生活中再也沒有遙遠這一回事了。我們已經失去了所謂遙遠的感受。

從交流道下去往右轉，便是復興路，一條雙線道馬路，卻來不及應付這些年來從外地湧入的大量人口，新的社區大廈、便利商店、通訊店和快餐店全擠在一起，塞車嚴重，紅綠燈又多，一路上停停頓頓的，好不容易才來到了橋頭。我看見父親跨坐在一輛摩托車上，天氣炎熱，他卻還穿著一件淡青色的西裝外套，後面載著那個越南女孩，兩人在洶湧的車流之中顯得危危顫顫，彷彿一葉快要傾覆的小舟。

我開到他身旁，搖下車窗喊他，父親轉過頭來，蒼白著臉，眼神卻有點恍惚，指著前方說，他的新家就在橋的對面，下次有機會再帶我去吧。我看到他的西裝袖口邊緣都磨損了，脫了線，右肩上也破了一個大洞。他要我跟著他，迴轉過狹小的街道，後面長長的車龍湧起了一陣不耐煩的喇叭響。父親的雙手明顯是在發抖，一頂紅色的安全帽太小了，奇怪地卡在他的頭顱上，我還注意到那個越南女孩並沒有抱住他的腰，而是把自己的雙手反轉，拉住座墊後面的鐵架。原來他們一點也不親密。我想。

父親娶她時，曾經寄給我一張結婚照，女孩頭戴白紗，臉上塗抹厚重的脂粉和大紅唇膏，和父親的面頰緊緊地貼在一起，笑著露出了一排牙齒。照片背後，父親卻用藍色鋼筆潦草地寫上四個大字：夕陽已至。然而夕陽是屬於父親，卻不是越南女孩的，現在的她身穿T恤牛仔褲，沒有上妝，不像新娘，更像是一位被迫照顧老人的外傭。我看著眼前這一對古怪的老少組合，停在摩托車陣中，等路口的紅綠燈。我好奇從女孩的眼中望出去，四周的街道又會是什麼樣的風景呢？她怎麼能夠下定決心離開自己成長的越南山區，跟隨一個八十歲的老頭來到這裡，一座語言不通的異鄉之城？我搖搖頭，因為這些疑問恐怕只會困擾我，卻從來沒有進入過他們的腦海中。對於父親和女孩而言，這純粹只是一樁兩人之間的交易，而其中或許什麼都沒有，只有最低限度的慾望和身體，自私的佔有，金錢的交換，別無他物，無人可遇，亦無人可以同行，就連最抽象的靈魂都將被榨取得一乾二淨。

父親帶我去一間平價的涮涮鍋店。就在那天中午，他親口告訴我，要把女孩送回越南。他說一年多前，他受雇於某間診所，老闆是一個姓段的中年女人，頗有手腕，在台北縣偏遠鄉鎮開了不少類似的診所，都是聘請和父親有同樣背景的外省籍老醫師，利用他們的執照來開業，但事實上，開診所只不過是一個幌子，姓段的女人目的是要詐領健保費，光是以父親的名義，就假造病歷溢領了十倍之多。當父親察覺帳目不對勁，而決定離職時，已經太遲，如今被健保局查獲，罰鍰令寄到他的名下，但他手邊僅剩下的一點積蓄根本不夠繳納，加上年紀大了身體不好，將來留下越南女孩自己一人怎麼辦呢？她語言不通，就連7-11都去不了，只能送她回越南。

「她可以學中文，沒這麼難。」我說，心裡卻想，其實是你在囚禁她，故意不讓她學中文的，而現在又對她厭倦了吧。正當我和父親討論越南女孩的未來時，她卻完全聽不懂，還望著我，一味天真地笑。

「不，我非送她回去不可。」父親口氣非常堅決。

「她應該留在台灣的。」我有些動怒，但嘴上還是說，「你需要有人照顧，而且詐領健保費的是別人，不是你，根本不用怕，應該去告那女人才對。」

「怎麼告？不可能的。」父親似乎意興闌珊。他又說受害的不只是他一人，還有好多老醫生，都被姓段的女人當成人頭，但大家逃得逃，走得走，都噤語不敢吭聲。

「你放心，這件事情交給我處理，」我急於說服他，便大聲說：「我有很多律師和民意代表的朋友。」但事實上我一個也不認識，只是憑空在說大話。

父親卻似乎看穿了我，他意味深長地微笑了一下，才說，「喔喔，是啊，妳現在是有辦法了，和從前不一樣了，不像我，我的人生可是徹底地失敗了呀。」

於是我們沉默下來，火鍋冒出白色的蒸氣，在面前形成煙霧屏障，而越南女孩睜著亮晶晶的眼，仰頭看父親，父親忽然笑了，愛憐地撫摸起她的頭髮，對我說，「這個女孩，簡直就像神仙一樣，未卜先知，你不用開口，只要一個眼神，一個小動作，她就知道你心裡在想什麼。」女孩露出一個稚氣的笑，她知道父親是在誇獎她。父親一邊幫她把菜下到鍋中，一邊說，「她越南的家真是窮，一頂茅草蓋，破木板門，全家老老小小擠在同一張床上，她從來就沒吃飽過。我們剛認識時，她瘦得只剩下一把骨頭，但來台灣才沒幾個月，她就長胖了至少十公斤不只。」

我注視父親幫她夾菜，哄她，為她倒茶，不禁愣住了，他從沒有如此溫柔地服侍過一個女人，對我更沒有，我說不出話來，握住筷子，彷彿有什麼東西哽在喉頭，只好快快地把自己盤中的肉也分一半到女孩鍋中，然後低下頭含糊地說，「既然如此，就更不應該送她回去了吧。」

我原本以為，父親是犯了喜新厭舊的老毛病，如今看來卻不然，但我竟沒有猜到，原來在那一天，他早就已經暗自下定了決心。這一輩子他始終在逃，從山東老家逃往台灣，從高雄逃往台北，他不斷從一處逃往一處，逃情感的壓力，逃責任的綑綁，逃了八十年，他終於心虛了，這一回，命運將準備對他收網，而他決定乖乖地束手就擒。那是我第一次、也是最後一次見到越南女孩，從頭到尾她都沒有開口，只是坐在對面望著我微笑。我甚至興起了一種不切實際的幻想，總有一天，我也要帶她逃出父親的魔掌，逃出鐵籠般的公寓大廈，逃向一個青春少女理當擁有的自由自在的浪漫生活。而那一天是八月八日，父親節。這個日期我始終記得一清二楚，不會忘。

帶越南女孩逃跑的幻想是如此強烈，我因此寫了一篇短短的小說〈夏日夜晚，尖叫〉，男主角是K，我憑空創造出來的一個中年男人。我對K並不陌生，他早就出現在我二〇〇五年的小說《那年夏天最寧靜的海》中，小說寫完了，但K卻始終還在，他沒有死，還一直活在我的身邊，成為一道最忠實的影子，日日夜夜安靜地跟隨著我，有時我甚至覺得，他比起我還更像是我。就在這一篇短小說中，我賦予K全新的職業和身分，但就像同一個人卻穿上了不同的衣服，K還是K，沒有錯，一個無意掙脫現代生活規範的渺小人物，他只是行動著，走著，無足輕重，就像是一道淺淺的紙影，掠過空氣之中。

夏日夜晚，尖叫

當K教授確定找不到那一間躲在深山裡的大學時，已經是下午五點了，早就超過預定的演講時間，但主辦單位卻遲遲沒有打電話給他。「原來他們一點都不在乎！」K教授覺得自己被耍了，白白走這一趟，還在大熱天的下午開了三個多小時的車子，幾乎要把那副老舊的引擎燒掉。

他把車停在山路旁，悶悶地想，如果馬上調頭回台北，又是三個多小時的路程，怎麼吃得消呢？正在煩惱時，他卻看到前方的龍眼樹上掛著一個小木牌，用紅筆歪歪斜斜地寫著：「山林民宿，前方六百公尺」。啊，為什麼不乾脆把這次的南下，當成是一趟期末的旅行呢？他也該好好犒賞自己了，已經為那些根本就缺乏天資而注定會被淘汰的學生，辛苦了一整學期，此刻為何不把他們全都拋在一旁，盡情放鬆一下呢？反正民宿就在前方，去看看也無妨，這麼一想時，K又不禁興奮起來，好像重溫大學時代才會有的冒險心情。

他決定繼續前行。沒多久，路旁果然出現一間不起眼的平房，掛著食宿的招牌，但卻緊鎖鐵門鐵窗，旁邊的空地光禿禿的，只有栽種幾顆瘦小的木瓜樹，和他原先的浪漫想像似乎有一大段差距。K懷抱著忐忑的心情，走下車，不免猶豫起來，然而剛才的興奮還在，讓他決定姑且一試，說不定，還會出現意外的驚喜。他按下門鈴，過了好幾分鐘，才終於有一個女人前來回應，把門打開了一條小小的縫隙。

「我想要住宿……」K還來不及說完，縫中已經伸出一隻瘦小的手來，迅速地把他拉進屋裡，K還搞不清楚這是怎麼一回事，門便砰地一聲關上了。剎那間，K彷彿失足掉落光線昏暗的洞穴裡，眼睛無法適應，過了好一會兒，他才看清楚，原來那女人身材十分嬌小，還長著一副熱帶的臉孔。

「帶我離開，我丈夫壞人……」女人如鳥爪般的手指，依舊扣在K的右腕上，她口齒不清地小聲說著。

正當K還沒意會過來的時候，一個壯碩的中年男人卻忽然從屋子的深處浮出來，他穿著白色汗衫，渾身酒氣，瞪著K，好像K是一個小偷。但他卻大聲喊起來，一定要K住下，一個晚上收費只要五百，還包括晚餐和早餐。男人又喝叱女人趕快去幫K倒一杯冰水來，並且打開冷氣，驅除一下午悶在室內的暑氣。就在冷氣轟隆隆的聲響之中，女人把水杯塞入K的手心，一雙驚疑不定的眼神，卻彷彿還想要向K暗示些什麼。

「看起來，是走不掉了呀。」K想。

民宿的前身，似乎是一間山產店，擺在角落的大冰櫃，應該是專門用來冷凍一些山中野獸的屍體，但此時已經塵封了，用巨大的鐵鍊鎖起來，而疊成一堆的鐵凳和拆卸開來的紅色木頭圓桌，也全堆積在牆邊，可以想見過去熱鬧的景象，然而如今卻是這般的冷清。女人拱起肩膀，縮在老舊的藤椅之中，活像一隻受驚的小鳥。

男人卻不知何時已經戴上了圍裙，走進廚房，過沒一分鐘又大嚷起來，說炒菜用的米酒沒有了。

「你開車載我的女人去買一瓶酒。」男人站在廚房的門口，左手捧著一大塊鮮紅的肉，右手拿著一支鐵鍋鏟，指著K說。

於是K站起身，和女人並肩走出屋子，這才發現外面天色已經全黑了。整座空蕩無人的山林充滿了震耳欲聾的蟲鳴，一波接著一波，像夜裡的海浪。女人垂頭坐進車中，K發動引擎，但不知道為什麼，就在那一刻，他握著方向盤，望向前方，心中卻莫名湧起了一種感動，覺得身邊的女人簡直就像是他的妻子，散發出柔和的體溫。而長年以來，K一直是那樣孤獨地生活著，教書，寫論文，待在研究室中敲打冰冷的電腦，如今回想起這種無聊的生活，簡直還遠遠不如剛才那一個酒醉又粗魯的男人。

K一邊開車，一邊想，一不小心竟然錯過了躲在電線桿後面的小雜貨店。當女人驚呼起來時，車子已經轉過了山彎。K先是踩住煞車，但又突然間改變心意，加速往前繼續衝去。

「既然錯過了，就乾脆別再回去了吧。」K大聲地說。

女人先是用同樣驚疑不定的眼神瞅著K，在座位上不安地蠕動著，然而很快地，她就明白這究竟是怎麼一回事似的，便平靜下來，彷彿很輕易就可以跟這一條黑夜中的山路取得了和諧。於是女人開始用生澀的國語，說起丈夫是一個壞人，很壞很壞的台灣男人。說著說著，她竟嘰嘰咕咕地笑了出來。

K並不能理解，這種來自於熱帶的笑聲，代表的是什麼意義呢？當他在猜測女人內心的同時，卻發覺自己已經迷失在這座山裡。車燈所照耀的道路，不斷在夜中出現分歧，而K彷彿在每一個關鍵時刻都作出了錯誤的選擇，越走，路面越是狹小，不見人跡。「我總是太小看台灣的山了，以為不管怎麼樣，都一定可以繞得出去。」K懊惱地想著。但身旁的女人卻絲毫不在意，她從小就在叢林之中長大，這裡才是她的世界。她的眼睛逐漸炯炯發亮起來，就像是一隻在黑夜中搜尋獵物的豹。一瞬間，恐怖的預感在K的心中成形——他不能夠再繼續往前了，否則，他就會被這個女人所牢牢地控制住。才幾分鐘之前的溫情，忽然唰地一下子全都冷去，消失不見了，而K感覺到，自己又回到了那一座冰冷的研究室，坐在四壁鐵製的書架中央，被天花板上蒼白又強烈的日光燈所籠罩。於是K踩住煞車，聽到車頭陷入前方草叢堆的聲音，這是一條死路，不可能再前進。

「我們必須回頭。」K說。

「不可以。」女人尖叫起來。「丈夫壞人，殺了我們。」她反覆地尖叫，但與其說是恐懼，還不如說是憤怒，相形之下，K的害怕可能比她還要多更多。當K想要開口解釋時，卻忽然聽到機車逐漸逼近的聲音，在山中響起了令人不安的回音。這必定是男人追過來了。K想起民宿門口停著一輛野狼一二五，最適合爬山路的。

摩托車的聲音越來越近，噠噠噠噠。男人的腰間可能掛著一把菜刀。K又想起了剛才男人手上捧著一塊鮮紅的肉，血水淋漓的，也不知是來自於哪一種動物的屍體？他不禁渾身打了個哆嗦。死在這個荒郊野外，絕對沒有人會猜到凶手是誰？於是K轉過頭去，想要在黑暗中辨識女人臉上細緻的五官，而這時他幾乎可以確定，女人來自越南。沒有錯。他彷彿看見她戴著一頂三角形的草帽，蹲在碧綠色的稻田裡，而風一吹來，稻穗便會搖擺出光的波浪，矇騙過在天空上方駕機來回搜尋的美軍的目光。直到美軍忍無可忍了，從直升機灑下大把的橙劑，殺死了那一座狹長半島的生機，光禿乾渴的土地有如大火燒灼過後怵目驚心，才露出來一條游擊隊從北入南運輸補給的胡志明小徑。

究竟在越戰時期，女人是幾歲呢？算一算，恐怕都還沒有出生哪！但K卻彷彿可以看到女人趴在那條小徑的邊緣，那枯黃了無生機的大地上，仰頭望向天空，而印度支那的豔陽照在她古銅色的臉龐，閃閃發亮，一如今天晚上神祕的月光。

K轉過身，看著她在夜中發亮的臉龐，心想，「我就要因為一個越南女人而死了。可是，我卻連她的名字都還不知道。」於是他問女人叫什麼名字？

「青勤。」女人說，又怕他聽不懂，在手掌心上來回地比劃著。

「原來她學過國字的。」K想，心中充滿了荒謬的英雄感，但他又彷彿明白，這女人根本就不需要他的保護。青勤。青勤。K反覆地默念起來，在舌齒之間發出了金屬一般的共振。這時，摩托車的聲音已是十分的逼近。女人用豹一般的明亮眼神，注視著K，接著她忽然把車門打開，迅速地鑽入樹林，一剎那間，就在黑夜中消失得無影無蹤，又好像是那一大片雜亂的次生林忽然張開了大口，把她吞沒得一乾二淨似的。K楞楞地看著窗外，那裡只有黑，除此以外什麼都沒有，一直到過了好幾分鐘之後，他才終於可以確定：其實從頭到尾，自己什麼都看不見，而女人留下來的體溫，或許，也只不過是夏日夜晚所殘餘的一股躁熱罷了。

所以根本沒有越南，沒有女人，沒有男人，沒有民宿，沒有大學，沒有演講的邀約，也沒有那一間研究室，就連那些貼牆而立的冰冷書架和刺眼的日光燈都沒有。當意識到這一切都沒有時，K終於趴在汽車的方向盤上，大聲地哭泣起來。但蟲子的鳴叫卻比他更加淒厲猖狂，所以就連K的哭聲也沒有了，只剩下他的肩膀不停地抽動著，從車窗外遠遠地看過去，卻讓人不禁聯想到，那是昆蟲在臨死之前，一雙不斷向空中瘋狂拍打的薄翅。

◆

如今在中秋節的夜晚，我又再度來到三峽復興路底的橋邊，路上依舊是車水馬龍。出門以前，我打電話報警，說出越南女孩給的地址，沒多久，警察便回覆說，人是找到了，但全身早已僵硬冰冷。他要我先過去警局一趟。

警察局躲在老街裡，計程車繞不進去，司機停在橋邊，要我自己穿過曲折的小巷弄。我下車沿著橋快步地走，母親跟在身後，她堅持要一起來，擋也擋不了。這是我頭一回走進老街，彷彿轉了一個彎後，時光倒流，世界便全都換了一種古老的顏色，大廈忽然變成了矮舊的紅磚樓房，而石雕龍鳳從柱子一路攀爬上飛簷，蠢蠢欲動，儼然在下一刻就要復活，飛往今晚高掛著滿月的天空。我恍惚地走著，眼前乍現大片的圓形廣場，一座披掛著五顏六色燈泡的古老廟宇矗立在邊緣，在黑夜中發出過度璀璨以致不真實的光芒，而煙炮在它的背後不斷爆炸開來，沖入高空，綻放出一朵又一朵巨大無比流星四射的火花。我不禁怔住了，停下腳步，迷失在這一座廣場的夢境之中，四周都是煙霧瀰漫，有人在放沖天炮，咻咻地刮過我的臉旁，刺耳得不得了，而與廟門遙遙相對的戲台上，正在搬演一齣布袋戲，北管鑼鼓喧天，華麗的布偶在金箔鏤刻的彩樓之間飛舞，射出了一道又一道耀眼的金光。

我不知該往哪個方向走才好，跌跌撞撞穿過了灼熱的沖天炮陣，穿過了坐在圓凳上看戲的歐吉桑和歐巴桑，穿過了烤香腸、烘玉米還有棉花糖的攤販，只覺得盡是白色汗衫和數不清的扇影在眼前招搖，濃郁的食物香氣撲鼻而來，小孩子奔跑嬉鬧的聲音忽遠忽近的，所有的人都在咧開嘴大笑，不斷朝向我逼近過來，撞在我的胸前、我的肩上，撞得我的肋骨直發疼，而那些笑臉彷彿是在威脅著我，非得要我加入他們這一支歡慶的隊伍、這一個古怪又詭魅的中秋狂歡夜不可。於是我撥開人群，踉蹌地穿過了鞭炮陣和嘈雜激昂的北管，好不容易才來到警察局的門口，但那兒卻也像是在辦喜事一樣，擠滿了重重的人牆，我找到值班警員，說出自己的姓名。他拉出一張木椅要我坐下，然後翻開桌上的檔案夾，從裡面抽出一張照片來，遞給我。

「是他嗎？」警察問。

那是一張父親臉部的特寫。他緊閉雙眼，眼皮上覆蓋一層暗紫色的陰影，而眼眶下面發黑，嘴唇微開，停留在一股令人暈眩的沉默上。是他沒有錯，但當靈魂抽離了軀體之後，卻又彷彿變成了另外一個陌生人似的，我得要花費好幾秒鐘，才能夠真正地確認，是的，是他沒有錯，我困難地點了點頭。警察開始做起筆錄，他問我怎麼知道這件事？我說，是父親的越南妻子告訴我的。

「她人呢？」

「我父親把她送回越南了。」

「那她怎麼會知道？」

我搖搖頭。警察遞給我一個塑膠袋，說是在現場收集到的證物，袋中裝著幾個已經割開的透明注射瓶，一只手機，還有一張紙，上面佈滿了忽大忽小的凌亂字跡，全是些不連貫的破碎囈語，怨恨之中，反覆出現姓段女人的名字，我瞄了一下，其中並沒有任何一個字眼提到我。我默默地把紙交還給警察。他說從今天早上十點開始，父親每隔十分鐘就撥出一通電話，都是打給同一個人，而最後一通是在下午四點左右。他按出手機的號碼，問我知道這是誰嗎？我看著銀幕顯示出一長串相同的已撥電話，這個09開頭的號碼再熟悉不過了，同樣糾纏了我一整個下午，是越南女孩。父親起碼打了上百通電話給她，直到嚥氣的最後一刻。

「她不是回越南了？怎麼還在用台灣的手機？」

我搖搖頭。

「妳父親為什麼要打給她？而不直接打給妳就好？」警察又問。

我再次大力地搖頭，咬著嘴唇。於是他看著我，沉默半晌，轉著筆問：「那麼，妳有任何的疑點嗎？」

我又搖頭。他嘆了口氣說，「那這樣好了，筆錄重新來過，根據現場研判，這應該是自殺沒有錯，如果妳對這點也沒有任何疑問的話，我們就把越南女孩的這一段忘掉好嗎？」他放慢語氣說：「那．太．複．雜．了。所以我們筆錄上就寫，是妳打電話給妳父親，打了很久沒有人接，覺得奇怪，所以才請警察過去調查的。這樣可以嗎？」

我遲疑一下，點了點頭。

於是他飛快做好筆錄，讓我簽名後，帶我們坐上警車，警笛啟動，嗚嗚嗚的響聲既尖銳，又倉皇。母親和我一起坐在後座，卻各自望著不同的方向，一道黑暗的深淵在我們之間無聲流動，而這麼多年了，我們始終跨不過去，只能閉上眼，索性不去看它。於是我默默望著窗外沿街燒到火紅的炭爐和鐵架，中秋烤肉的人們圍坐在小板凳上，根本沒把眼前的警車當一回事，他們自顧自地嘻嘻哈哈，沉浸在今天晚上的全家歡聚之中，而那是一個我從來都沒能踏進去的完滿世界。在我的生命裡，那個世界並不存在，如今父親一走，碎片就更不可能重圓了，從今以後，蜘蛛網一般的裂縫便注定要永永遠遠地刻在我的身上，再也無法痊癒。一想到這裡，我就痛苦得幾乎要哀嚎出來。

是的，他死了。

死，沒有錯，我就是要用這麼激烈又刺耳的字眼，來提醒自己，鞭笞自己。我反覆地在心中喃喃念著，就當警車在老街迷宮般的巷弄中繞了好幾個彎，終於又來到橋頭，我彷彿又再度回到了八月八日的那一天，親眼看見父親騎在摩托車上，停在路邊等我。他穿著肩上有破洞的淡青色西裝外套，一雙青白的手，從脫了線的袖口底下露出來，浮現大塊的老人斑和烏青色的血管，十隻手指頭還在不由自主地顫抖著。正是那一雙手，在近四十年前的某一個清晨，寅時，天光乍現之際，將我赤裸裸地迎接到這個世界上來。那是我生命中最初碰觸到的第一個人。而一想到這裡，我就不禁舉起手，蒙住了臉，手掌底下流出了無聲的淚水。

警車停在過橋以後的一棟大樓前。在大樓典型的二丁掛磚牆上，開出數也數不清的鐵窗和冷氣框架。我們穿過社區警衛的崗哨，走進大門，搭電梯往上升，當電梯門打開時，眼前出現了一條狹長的走道，走道兩旁是一扇又一扇的鐵門，整齊地排列過去，在青白的日光燈下緊掩，門口散落了一地凌亂的鞋子。其中一戶的鐵門敞開來，兩個黑衣男人正靠在門邊抽菸，一看見是我們來了，趕緊把菸丟到腳底下踩熄，側過身，讓我走進去。

我才踏進門，就看見父親躺在地上。他刻意把一條薄被鋪在正對門口的地方，好讓人一走進去就能夠發現。他躺在被上，頭靠著一只小方枕，上面印滿了粉紅色Hello Kitty的圖案，而他的身上卻什麼也沒有蓋，只穿著單薄的汗衫和西裝長褲，兩隻手安詳地垂落在一旁。在他的左手背上插著一條管子，一直往上連結到立在旁邊的點滴架，而點滴瓶早已經空了。父親彷彿是睡著了，在生命的最後一瞬間，他的臉上既沒有快樂，也沒有憤怒，只有說不出的空洞，好像對於漫長的一生，連自己也感到無話可說。在句點的中央，留下來的是一片完完全全的空白。

我不禁坐倒在地上，托住自己的頭，我得要好好冷靜一下，什麼事都不能去想。但母親卻顯得異常亢奮了，她不斷在我的身旁走來走去，開始仔細地檢查起這一間只有十多坪的小公寓，到處翻弄，發出窸窸窣窣的聲響，從房間到客廳的每一個角落都不肯放過。母親先到房間，把整張床墊翻高，看墊子底下有沒有藏東西？又把布衣櫥裡的每一件襯衫和長褲全都掀出來。她說，父親向來有把錢塞在衣服口袋裡的習慣，果然就在一排吊衣桿上的某件長褲裡，母親搜出了一疊千元紙鈔。她站在原地一張張點數起來。

「兩萬塊，剛好給他辦喪事。」數完之後，她說。

但這還不夠，接下來，她又念著要找出那一支陳年的勞力士手錶，還有父親可能買了些股票，還來不及脫手……。一直到我按捺不住，請她不要再走來走去，弄得我非常頭疼，她才終於握著那疊鈔票，歪著身子窩在客廳的沙發裡，緊抿嘴角往下撇，不高興地閉起眼睛，彷彿是在假寐。

當母親坐下來後，四周圍忽然變得靜極了。父親身旁的餐桌上擺著一只鬧鐘，依然滴滴答答地走著。一把水果刀斜躺在它旁邊，還有牙籤罐、衛生紙、電費帳單，幾個已經割開的空藥瓶和一只藥包。人已經離開了，生活的痕跡卻還留在這些不起眼的日常物品上。我看見桌子底下躲著一雙紅色的女人拖鞋，不禁想起幾個月前的農曆年後，在電話中聽到越南女孩走路的聲音，拖鞋啪啦啪啦溫柔打著地板，不知道是否就是眼前的這一雙？她曾經在這間鴿子籠似的小小公寓中，走著，笑著，坐下來，面對父親，一起用那把水果刀分食一顆蘋果，說著彼此聽不懂的語言。而當她青春嬌小的肉體，在夜晚的月光照耀下舒展開來時，必定也曾經讓跪坐在一旁的父親，慚愧落淚到不能自已吧。然而此刻父親卻是一個人躺在地上，在他徹底闔上雙眼以前，曾經瘋狂地打過數十通電話給她。那個他心愛的女人。那個小他六十歲，而且根本就聽不懂他在說些什麼的女人。當父親獨自彎下腰，把這一條棉被鋪在又冷又硬的地磚上，決定從此以後躺下，就再也不要爬起來時，他睜著雙眼，望向這間空蕩蕩的公寓，必定深深地懊悔自己為什麼要把她送回越南？因為他還有那麼多話想要對她講。

但他卻把我的電話擱在一旁。

我抱住頭，覺得非常冷，在這個雖然已經是中秋、但其實更像夏日末尾的夜晚，我卻彷彿回到了農曆年後，那股冬日的寒氣一直停留在我的體內，我趕不走它。

我不知在地上坐了多久，一直徘徊在門口的兩個黑衣男人，才終於向我走過來，表明他們的身分，原來是葬儀社。他們就好像禿鷹一樣，總是比誰都更能夠先聞到死屍的氣味。其中高個子的遞來一張名片，說他也是山東人，和我們是同鄉。我不清楚他是如何知道父親籍貫的？但至少，從他的表情看來，他掌握的消息應該還不少。黑衣男人說，警方這邊的事都已經處理完畢了，現在我們可以把父親送到殯儀館。他故意把語氣放得非常柔和，好像是在表達對一位同鄉長輩之死的哀傷。

我點點頭。他和同伴開始行動起來，他先拔掉父親手上的點滴管，手腳十分乾淨俐落，然後又在父親的身旁鋪了一塊黑色的塑膠布，把他挪到布上，再移入已經準備好的袋子中。但在搬移的時候，他的同伴卻一個沒拿穩，布角歪了一邊，父親硬生生地從空中滾落，掉到地板上，臉朝下，發出砰的好大一聲，把所有的人全都嚇了一大跳。父親的身軀挺得筆直，活像是一尊石雕像，趴在地上一動也不動，露出整顆後腦勺來，不知是否剛才躺了太久的緣故，灰白的頭髮全亂糟糟地糾成一團。

黑衣男子楞了一下，立刻一個箭步衝上前，狠狠摑了同伴一巴掌，大吼：「老伯已經夠慘了，你還不小心點？」

他的同伴驚恐地摀著臉，蹲下身去，想要把父親重新抬起來，卻怎麼樣也抬不動，好不容易兩個人七手八腳的，才又狼狽地將父親塞入袋子中，拉起拉鍊，然後直立起來放在小推車上，走出大門，送入狹小的電梯間。我走進電梯緊貼父親而站，隔著一層袋子，仍舊可以清楚感到他身上傳來一陣陣僵冷的寒意，但這卻是我最後一次與他並肩站在一起了。我們連同父親一共有五個人，擠在這個狹小的空間裡，幾乎喘不過氣，電梯緩緩地往下降，緩慢地令人快要窒息，但母親卻忽然選在這個時候開口，她用堅定的口吻對黑衣男人說，後事一切從簡，我們希望越快火化越好，最好就是明天早上，任何宗教儀式都不要，我們不迷信那一套，而棺材也用最便宜的就好，反正到了最後，還不是都要放一把火燒掉？

黑衣男人用吃驚的眼神看著我，我掉過頭去，沒有說話。

「火化就算不看時辰，也得要排時間哪，」黑衣男人解釋，「而且，至少要找個和尚來念經吧，就算是為伯父燒一些紙錢也好。」

母親卻斷然回答，這一切都不需要，念經只會製造噪音，燒紙錢更不環保。「我們是講究科學的人。」她再一次強調，人既然已經走了，放在冰櫃也是白佔地方，而且還有別人等著要用哪，我們不能太自私，所以如果明天早上可以的話，請務必一定要盡快火化。

電梯終於抵達一樓。黑衣男人要我們一起搭他的廂形車去殯儀館。母親先上了前座，留我在車後，看著他們把父親抬入後車廂。趁母親不在身旁，黑衣男人又低聲向我確認了一次，「真的不請人來超渡嗎？要不，我也可以找認識的朋友，做個簡單的儀式就好，只要收一點點的費用。」

我咬住嘴唇不吭聲，默默看他們在黑夜中把父親推入車內，但不知道是角度不對，還是出了什麼問題，袋子一直滑落出來怎麼樣都擺不好。黑衣男人神情凝重地說，他做這一行已經十幾年了，還是第一次看到這種怪現象。

「怨氣很重，真的很重哪。」黑衣男人不斷反覆地念著，但我卻只是面無表情站在一旁，直到父親終於安於歸位，廂門可以闔上的一剎那，他才嘆了口氣。「我知道，妳不能做主，因為這都是伯母的意思，」他停了一下，說，「伯母有理由恨他。」

公寓裡的女人

沒有任何東西可以打擊這些安慰的話語，這是琵達蒂歌裡的話語，雖然這些話語喚起人們過去不曾有過的記憶：陪伴另一個人時沒有年齡限制；分享談話並切開從火爐裡拿出來的冒煙麵包；就要回家的堅定喜悅就在家裡——當愛情發生時，安寧就會回來。

——童妮・摩里森《樂園》

廂形車駛過復興路。不知不覺夜居然這樣深了，路上已經沒有什麼車輛，中秋夜狂歡過後，在紅磚道的邊緣殘留下許多紅紅綠綠的鞭炮屑。車子經過街轉角處一棟灰藍色的大廈，一樓是便利商店，在夜裡亮起醒目的數字燈。我順著燈抬頭往上望，高樓的某一扇窗戶現在是暗的，窗簾垂下，然而在兩年前，父親卻住在那扇窗的後面，並且不只有他，他的身旁還坐著另外一個女人，Y。

來自廣西桂林的Y。

她背對窗坐著，穿一條深藍色的尼龍短窄裙，渾圓的膝蓋從裙子下露出來，規矩地併攏在一起，兩隻手掌交疊擺在腿上，指頭掐住一方白色繡花手帕。Y的五官長得普通，單眼皮，戴黑框眼鏡，額頭上覆蓋一排瀏海，頭髮貼齊耳朵，挽到腦後梳成了一個老式的包髻。然而她的小腿卻很美，即使在大熱天也套上一層膚色的絲襪。那是她全身上下最美的一個部分，尺寸比例恰到好處，雙腿合起來斜向左邊，就像是老照片中受過嚴格美姿訓練的貴婦。她是上個世紀的淑女，如今卻被錯置了時空似的，不協調地出現在這一間二十一世紀的廉價公寓裡。但她還是努力把自己的背脊打得筆直，看著我。

Y的背後是豔綠色的印花窗簾，窗戶打開來一條縫，在她的腳邊放著一台小巧的電風扇，像個天真的孩子搖頭晃腦來回呼呼地吹。窗簾被風一吹，便止不住地往上翻飛，屋外的光線因此流了進來，在Y的臉上籠罩一層閃爍不定的綠光。這裡雖然是高樓，大馬路上的噪音還是聽得一清二楚，並且更加清楚了，一波波轟然湧入，但她卻依然不為所動，臉上露出一種平和卻又詭異的笑。

父親坐在Y的旁邊，刻意隔開來兩公尺遠。

他要跟她離婚。他向我解釋，Y並沒有哪裡不好，但兩人在一起就是痛苦，好歹也撐了快要三年，實在沒辦法再繼續下去。父親叨叨地說著，但他根本沒必要對我說這些，或許，這只是一個禮貌性的開場白，因為他找不到第三者來當證人，只好拜託我跑一趟三峽，在他們的離婚協議書上簽字，還有，說好了要給Y三萬元的贍養費，他手邊一時湊不出來，也得要跟我借。我說Y人不錯啊，為什麼不再試試看呢。父親卻不耐煩起來，大手一揮說兩人不合就是不合，再多講什麼也沒有用。他把協議書推到我的面前。Y卻還是微笑著一動也不動，始終沒有開口，試圖保持最後的一點尊嚴。我簽了字，打開皮包，把剛才從樓下提款機領的錢抽出來，交給父親。父親接過去，數完之後說，過兩個月我就會還妳。

我不擔心他賴帳。他一向說到做到。但這也正是他的可惡之處，他不想欠妳，妳也別想從他身上平白撈到一丁點兒好處。他自認為這一輩子毫無虧欠，活得理直氣壯，然而，一切也都還是他的理。Y很清楚這一點，所以不去同他爭辯，但微笑在嘴角撐久了，便逐漸地發僵，在乍明乍滅的綠光之中幾乎要抖動起來，於是她低下頭去，在那張薄紙上快快地畫了押。忽然一陣風來，窗簾飛起來拂過了她的肩膀，露出一小片北台灣亮晃晃的夏末晴空，對街大樓玻璃反射出刺眼的光芒，海島潮濕的空氣凝結在她鼻頭上，冒出一串細小的汗珠。她握緊手帕迅速地擦了擦。

簽完字後，父親笑了，拍著膝蓋說，現在剛好是中午，就在這兒隨便吃個飯再走吧。我遲疑著沒說話，Y這時才終於開口，說她包了些水餃，還有小菜，是自己做的家鄉口味，外面絕對吃不到。

我跟隨Y去後陽台，看她曬在晾衣杆上一條條紅蘿蔔乾。她把新鮮的拿來整株切成片，中間用一條痲繩穿過，懸吊起來，風乾幾天之後，就會縮癟成了暗紅肉色。Y說拿來和蔥、蒜、小黃瓜一起涼拌，再灑點痲油，特別好吃。她搬來一把圓鐵凳，站上去取紅蘿蔔，伸長了手臂，神情卻非常肅穆。我看著她包覆在絲襪後面的腳踝，和她四十好幾的年齡極度不相稱，一點兒也不顯得老，洩漏出她或許還隱藏著一顆賭徒般少女的心，而那顆心怦怦地跳著，還渴望在平凡的生活之中去冒險。不幸的是，這一次她卻是輸家，全盤皆輸，她不甘心。從這個角度望過去，Y的周遭背景全是大大小小的鐵窗，自家的、隔壁大樓鄰居的，白的黑的藍的，生鏽斑駁掉了漆，全都密密痲痲地緊貼在一起。鐵窗後面是狹長的陽台，等待回收的鋁罐保特瓶塞在角落裡，老舊的洗衣機已經被日頭曬到發黃，晾衣架上吊滿了襪子胸罩和內衣褲，暴露出生活中最真實又不堪的內在。而這莫非就是這一場賭盤的最後結局？正當Y把蘿蔔終於取下來的一瞬間，我看到蘿蔔的紅走到了她的眼裡。眼鏡片後面泛起了一層霧濛濛的光。

我們三人圍在一張小餐桌旁吃水餃，好像剛才什麼事情都沒發生過。Y炒了一盤綠色青菜，裡面放著兩片斜切的辣椒，紅配綠，非常好看，但吃著吃著，她又拿手帕抹起眼睛來了，說是被辣椒嗆到，手指痛苦地絞住繡花邊，她站起來走到一旁，過好一會兒才又回來。

「之後就回桂林嗎？」當她重新坐下來時，我問。

「明天一早就回去，機票都訂好了。」父親代她回答。

「唉。」Y說，彷彿不甘示弱地提高聲量，「我可等不及要回去，我想死桂林了，暑假有空妳一定要來找我玩，我當妳的嚮導。桂林空氣好，風景是全天下最漂亮，米粉好吃，東西又便宜，樣樣都比這兒還要強。」

但就在那天晚上，父親卻打電話來說Y失蹤了，帶著一個小行李箱不告而別。他怒氣沖沖地嚷起來，說要報警抓她，但又怕惹上麻煩，問我有沒有辦法可想？我支吾半天，教我上哪兒去抓一個大陸女人呢？一直到兩星期後，Y才忽然自動現身，打電話說自己跑到員林，在一間鄉下的小旅館裡當服務生。她打的是公共電話，在話筒的另一頭一直哭，背後不斷傳來馬路上尖銳的人車喇叭響。她哭說自己沒有臉回家，又說她當初根本不想來台灣，在桂林日子過得好端端的，都是上了父親的當，老是吹噓台灣有多好，她才會不顧一切飄洋過海，來到了這一座原來根本就不存在的寶島。

一個來自桂林的女人。父親說，她在漓江畔開了一家小雜貨店，整天斜倚櫃檯站立，手中握著一條小手帕，注視遠方來的旅人從門口走過。

我沒有問父親為什麼去桂林，桂林山水甲天下，會講中文的人都知道，所以去那兒一點也不稀奇，任憑誰都想去瞧一瞧。在二〇〇〇年左右，他一個人帶著手提箱，去到那號稱世界上最美的地方，而Y站在漓江畔等著他。

我比父親還要早去桂林十年，進行民間戲曲的田野調查。一九九〇年，兩岸才開放沒多久，在那個年代去大陸，不知怎麼的身旁總會莫名多出幾位當地的女子，熱心地要做免費嚮導。她們都有正當的工作，但卻也似乎可有可無的，連去單位上點個卯都不必，每天一早，她們就準時出現在旅館門口，手上提著一大包可供路上充飢的點心乾糧。我還記得一個燙捲髮的女人，喜歡穿紅色的皮外套，刷白的牛仔褲，在那個年代自然是非常的大膽時髦。天才剛亮沒多久，她就守候在旅館的大廳，坐在黑皮沙發上，手指夾著根香菸，不時提到嘴邊猛吸一口，吸的時候皺緊了眉頭，眼神就忽然飄向了一個不知有多麼遙遠的地方。她有一個兩歲的兒子，卻還是每天從早到晚陪著我們。

「不礙事的。」她搖搖頭說，她丈夫在外地工作，也是一年多沒返家了，孩子就交給外婆帶，都快忘記爸爸長得什麼模樣。

走在大街上，穿紅色皮衣的女人總是摟住我的肩膀，親熱地喚我妹妹，說我們兩人來結拜好不好？因為她看我特親切，不免想到了自己，說一九四九年她父親在上海，也是有機會可以跟國民黨去台灣，但一念之間惦記起老家的母親，偷偷跑回桂林一趟，沒想到從此就走不成，還留下了一輩子的污點，黑五類，一直留到她的身上，她想翻身也翻不了。我問她，那還想離開這兒麼？

「如果電線桿有腳，它也想要跑哪。」女人說，瞇起眼看著我，狠狠地抽了口菸，吐出一陣白色的霧氣。那是二月，天氣最寒冷的時候，漓江邊尤其冷，冷得我的臉都白了，像一張紙，而她的臉卻比我更白，像冰。她又把菸湊到嘴邊吸了一口，然後使勁地環抱住我，把頭埋入我的肩窩，一頭捲髮彷彿通了電流的鋼絲般，窸窣地摩擦過我的臉頰。她哽咽地說，「明天一早你們要搭火車離開了，我就不到月台送了，我怕我會哭，但我們兩人約好，將來妳一定要回來看我，我永遠都會在這兒等妳，等妳回來。」說著說著，她的眼眶居然紅了，彷彿一隻白色的文鳥。

多情的桂林女人。

而Y也是這樣說的。她站在漓江畔的鐘乳石洞穴口，黑色鸕鷀縮著脖子蹲在木頭船舷上，她長得並不出色，父親甚至坦白說，Y是他這輩子有過的女人中，長相最難看的一個，但她卻還是對父親說她愛他，並且永遠地愛他。愛情讓她的臉上發出少女才會有的熱烈光芒，她還說，她將會在這裡一直等，從春天等到冬天，從日等到夜，等他回來，而他若是不回來，她就一輩子不嫁。父親把Y的誓言揣在口袋中，搭飛機從桂林往南京，但一走下飛機他就忘了，把它像張不要的小紙片扔掉了，順著秦淮河的水悠悠地流去了。直到一年多以後，他才又猛然想起那個漓江畔多情的女人，站在石林面前，手裡握著繡花手帕，嗚咽地說她將會在那兒永遠等他。

父親半信半疑回到桂林，Y開的雜貨店卻消失不見了，變成一間唱片行，門口立著兩尊黑色大喇叭，放出來的都是台灣流行歌曲。他在那條街上反覆走過好幾遍，悵然若失，忍不住問紅磚道上賣冰棍兒的小販，先前的女人到哪裡去了呢？

小販一聽他是從台灣來的，便激動地大聲嚷起來，你可回來了，這兒租金飆漲，她的店早收了，但人還在，還一直在癡癡地等著你回來哪。於是他冰棍也不賣了，領著父親走過舊城區的小巷弄，裡面囤積一股菜葉腐爛的氣息和尿臊味，黃昏時分家家戶戶都在做飯，燒煤球的嗆人氣味迎面一波波打來，打得他頭暈目眩，沿街的木造門窗被燻得油亮烏光，孩子在七彩的塑膠門簾中鑽進鑽出的，賣炸麵餅的攤販一鍋子油滋滋地響，比起瀝青還要漆黑。父親額頭不禁冒出汗來，左轉右拐不知走了有多遠，一直走到巷弄深處一戶人家，門簷垂掛著臘肉乾和幾件白色汗衫，小販才停下腳步，大喊Y的名字，用桂林話。沒多久木門打開來了，咿呀的一聲，彷彿傳奇故事的女主角終於要粉墨登場，Y幽幽地從黑暗中冒出來，一身的穿著打扮居然和他們當年分別時一模一樣。粉色的襯衫，黑色的窄裙，膚色的絲襪，戴黑框眼鏡，梳一頭整齊的包髻，手指掐著一條繡花手帕。

Y一見是父親，眼淚就撲簌簌掉落下來，彷彿這一年多來她日日夜夜都穿著這套衣裳，坐在這兒等他。人面桃花。如此不可思議的愛情。

而且不只女人愛他，就連她的父親、哥哥、弟弟全都愛他。知道是他來了，立刻趕去街上張羅最好的酒菜回家款待他，把他當成遠方來的大老爺。他們輪番敬酒，在父親面前數落起Y的不是，說Y這人果然是傻，沒心眼又單純，人雖說是呆笨了些，但可還真是天真善良，也還真是愛他，自從見了父親以後就再也沒有二心。第二天，父親便帶Y去辦結婚登記，留下一筆聘金。他們全家淚眼汪汪地送Y去機場，路上還一直不忘叮嚀，要Y好好珍惜難得的福分，從此當個賢妻，到台灣以後凡事多忍耐，千萬不可隨便吵著要回桂林。

桂林的女人順從了她的命運。父親先是住在土城，臨馬路邊開了一間小診所，Y就負責幫病人掛號包藥。那兒風大沙多，日復一日，路上卡車呼嘯而過，捲起了漫天煙塵，Y拿著掃帚，彎下腰把門口的沙一一掃出去，又拿著水管對馬路灑水，然而路的對面除了一整排四層樓的老公寓和檳榔攤之外，什麼都沒有。卡車一過，風沙又寂寂地從空中飄落下來，細雪一般落了她滿頭滿髮。那一帶是寧靜荒漠的邊城，房租便宜，但相對的，上門求診的病人也不多，有時候甚至枯坐一整下午，就連一個人也沒有，即便有，也大多是一些拿健保卡來蓋章換維他命的老人。他們把維他命罐抱在胸前，抖著膝蓋顫巍巍地走了，沉默地消失在黃褐色的風沙之中。

既然沒有病人，為了節省電費，診所便索性也不開燈了，午後的太陽微瞇著眼睛似的，從門口洩進來昏沉的光線，落在診所空蕩蕩的掛號處櫃檯、生鏽的點滴架和一張黑色的診療床上。時光彷彿一來到這兒，就被莫名其妙地困住了，它出不去，只能癡癡地留在原地不動，而陷入一種沉睡的幻覺。於是Y從掛號處的後面走出來，拿個圓板凳坐到玻璃門後，望著外面靜止的街道發呆。玻璃門上貼著一張紅紙，是父親用毛筆親手寫的：精割包皮，專治淋病、菜花。陽光從紅紙穿透過去，像是在Y的臉上抹了一層若有似無的胭脂。

趁父親轉身離開的空檔，桂林女人拉住我的手，低聲說自己真想念桂林哪，但她也是好人家出身的女兒，以前還當過國小老師，回去只會讓左鄰右舍瞧不起。說到這裡，她的嘴角顫抖起來，氣得掐起蓮花指，猛拍自己圓滾滾的胸脯，說父親總是罵她長得醜，說他這一輩子美女見多了，而她是其中最難看的一個，這口氣教人怎麼能嚥得下去？Y說她走在街上，瞧台灣的女人才真是難看，皮膚粗糙得不得了，而她在桂林是學過美容的，知道如何用蛋黃、蘆薈和小黃瓜來敷臉，哪天有空一定要教我怎麼做，既省錢又好用，說到這兒，她話鋒一轉，又說桂林真是一個好地方，人間天堂，山水甲天下，人人都說台灣是個寶島，但當她第一次踏出桃園機場時，看到沿路破爛的鐵皮屋和發黑的水泥公寓鐵窗，她就禁不住偷偷地流下了眼淚，也不敢說給自己的父親和哥哥知道。知道了他們一定又要罵她，說她是人在福中不知福，真傻。

所以如果不是愛妳父親，想和他一起到白頭到老，我一天都不想留在台灣哪。真的連一天都不想。Y邊說，又邊絞緊了一方白色的手帕。

Y失蹤了，起初她還不肯透露自己身在何處，怕我們報警，在電話中反覆吵鬧一個多禮拜後，父親哄她說，自己改變心意了想再和她破鏡重圓，這才終於把她誘了回來。

但是重辦結婚非得要回桂林不可，兩人於是歡天喜地結伴一起回去，沒想到，這一次Y卻上了當，才一踏進桂林的家門，父親就趁一夥人不注意時，悄悄地從門後面溜走了，提著一只隨身的手提箱。Y不知道那箱子裡面其實空空如也，只有胡亂塞入一兩件內衣褲充數，原來父親早就已經計畫好，一抵達桂林，他就要逃。

他不敢直接去機場，怕Y追去攔截，當下便決定搭計程車到火車站，向徘徊在站前兜售車票的黃牛買了一張，只要是立即出發的就好。他跳上火車，躲進臥鋪包廂把門鎖緊，坐下來，火車立刻砼咚一下開動了，他的心臟還在噗通噗通地狂跳。他一邊看著窗外景物緩緩地掠過，搜尋是否有Y的身影？一邊把手往西裝口袋裡面掏。剛才在月台的小賣部，匆忙之間抓了一顆滾燙的茶葉蛋，此刻他顫抖著把它掏出來，剝掉蛋殼，褐色的醬汁沿著手指頭流下來，一時間卻找不到紙巾，只好朝褲子上狼狽地抹了又抹，趕緊把整顆蛋全往嘴巴裡頭塞，蛋黃黏糊糊地填滿了他的齒縫，這才想起乘務員怎麼還不趕緊送熱茶來？他喘著氣把蛋嚥下，眼看著火車的速度越來越快，越來越快，而桂林這一座城市便在窗外加速地遠離了，路上的行人、車輛連同Y，都被正在疾駛之中的火車一一地往後頭拋去，毫不留情的，如同漓江的流水，一去就永遠不再回頭了。

大江東去。那首老歌的旋律忽然浮現在父親的腦海，呆立在平交道旁的行人，唰地從窗外一掃而過，而火車不斷傳來砼咚砼咚的聲響，也彷彿是在應和那首歌左右搖擺不定的節奏，他不禁微笑地跟著哼唱起來，越唱，心情竟越是愉快。睡在父親上鋪的女人一直在整理東西，發出塑膠袋窸窸窣窣的聲響。這正是黃昏要吃晚餐的時分，她或許正在拿出什麼香腸板鴨之類的，從空氣中傳來一陣陣食物油膩的香氣。但隔壁的男人卻一直躺在床上，一動也不動，把雙臂枕在頭下，像個木偶人似的睜大了一雙眼睛，望著車廂頂發呆。父親卻實在忍不住歡喜，才剛完成了一件偉大又刺激的逃亡壯舉，恨不得可以和所有的人一起分享，但又擔心消息走漏，他就會被Y當場逮到。於是他一邊忍著笑，一邊神經質地盯住車廂的門把，深怕下一秒鐘它就會被拉開，而桂林女人從門的後方突然幽幽地現身。

不過，他搖搖頭告訴自己，這已經不可能了，這一輩子他都不會再見到Y了，沒有他，Y根本去不成台灣，從此就被關在海峽那一道無形的防線之後，所以只要他不再回到桂林就好，他已經得到了完完整整的安全。他知道，打從一開始，這就是一場不公平的遊戲，因為只有他才能夠自由跨越疆界，但是Y卻不行，一想到這裡，他的心中就浮起莫名的驕傲感，於是懼怕也就逐漸地消失了，他的眉頭鬆懈下來，轉過身，悠悠然地望向窗外。

此時籠罩在暮色之中的田野，向晚的炊煙，中國南方特有的黑色屋瓦，看起來居然都別具一股神祕又秀麗的意味，田地裡種的不知是什麼農作物，一大片綠油油的蔓延到遙遠天邊，在魔術時刻下瀰漫出如夢似幻的光暈，朝他散播過來。於是他放下手中碎裂的茶葉蛋殼，注視著窗外，彷彿被那股光暈所催眠，突然感到神聖又甜蜜的憂傷，暖暖地流過了體內，雖然只有一剎那，卻已足以帶領他穿越五十多年的時空，再度回到了一九四九那一年。

那一年，他不也是這樣倉皇地搭上火車，還來不及問目的地究竟是哪兒，就在這片遼闊的大地上盲目地往前逃？他跟隨流亡學校從北逃到南，從東逃到西，像是迷失了方向的蜂群，嗡嗡嗡地繞遍了大半個中國。一直到後來，他都把這趟發生在青春年紀的大旅行，當成是流離失根的悲劇在講，如今卻恍然大悟，那原來也是一種特權，因為至少他還可以逃，而最慘的，卻是那些根本就逃不了的人。他們的雙腳被牢牢地鎖在土地上，扣上了終身的腳鐐，就像是一株不幸開在沙漠裡的花，最後卻只能無聲無息地枯萎而死，凋落在自己的腳下。他們從來都不是旅人，他們沒有故事可以講。

一想到這兒，他就不免有些憐憫起Y了。

Y逃不了。她被他留在身後了，黑暗的閘門轟然關上，她又陷落回生活的原點，從此以後就要音訊斷絕。不過，憐憫也只有一剎那，不要忘記，他向來就是一個自私又任性的人，於是當他在上海走下火車，看到車站黑壓壓的人群在眼前焦躁地鼓動著，宛如黑夜中大海不安的波濤，呼吸混合著人體的濁臭，洶湧而來，竟讓他原先有些柔軟下來的心，又再度變得堅硬起來，帶了些許殘酷的，重新燃起了去和生存奮力一搏的慾望。

在這個世界上只有兩種人，不是贏家，就是輸家，沒有什麼好值得憐憫或同情的。他想，於是加快了腳步，穿過重重的人牆，買了一張開往羅湖的車票，從羅湖通過邊界關防，搭地鐵到香港機場，再搭飛機回台北。

這一趟從桂林逃亡回台北的旅程，足足花了三天才完成。父親非常得意，當他滔滔不絕講述給我聽時，我卻駭然地張大了嘴巴，想到那曲折的路途就累，但父親卻一點也不。這時，他已經將近八十歲了，回來之後染起一頭黑髮，他說，因為他的人生從此又要煥然一新。父親發出嘿嘿的笑聲。在他的面前，我竟往往覺得自己比他還要衰弱，還要老。

我比他還要老，記憶拖住了我的身軀，把他所經歷過的歲月全都加諸在我的背上。

我總可以穿越時間之軸看到更早的從前，而那畫面還栩栩如生，靈魂不滅。我看到了再往前推個一兩年，到三峽和土城之前，父親在新店安坑山區開設的診所，那是一間倚山而建的公寓，老樹陰鬱的根鬚張牙舞爪，穿過土壤深入水泥牆壁，而就在暗不透光的房屋深處，坐著另外一個女人，S。

來自南京的S。

她安靜地斂著雙手，坐在黑暗中，始終不肯走到前方，所以父親只好領著我，一直往屋內走去，穿過了沒有點燈用三夾板隔成的走廊，穿過了靜無人聲的診療間，穿過了瀰漫在空氣之中我從小就熟悉的藥水味，以及人體汗酸揉雜著山區的濕霉味，一直走到屋子最後方的廚房，一盞日光燈管垂下來，照著四面發黃破損的白瓷磚，瓦斯爐上爬滿了黑鏽，看起來已經很久沒有開火，炒菜鍋冷冷的，裡面斜放著一把小鍋鏟。

我看到一個女人坐在圓鐵凳上，手肘靠著四方形的小餐桌。她穿一席長到腳踝的膚色洋裝，裙襬布滿縐褶，樣式卻很簡單，只在胸口繡了一個小小的蝴蝶結，但不知怎麼的，卻給人異常華麗的錯覺，就像是穿一件低胸晚禮服，露出雪白又飽滿的肌膚來。女人雖然生得豐滿，但卻一點也不顯得胖，臉是細長的瓜子臉，小巧可愛，一雙眼睛圓溜溜地盯著我，眼神卻非常之沉靜。她是父親剛從南京娶回來的妻子，而那一年，父親七十五歲，S才二十八。看見我來，她只稍微點了點頭，抬起下巴，發出懶洋洋的一聲唉。

S不愛說話，但從頭到尾眼睛一直炯炯地打量我，這一個年紀和她相當，卻因為出身不同而命運不同的女人。我知道她在打量我的皮膚，我的手腳，我身上穿的衣服、鞋子，我拿的皮包。她想要知道我的日子到底過得怎麼樣？也想要知道為什麼是她而不是我，坐在一個老頭子的身旁？她面無表情地坐著，從頭到尾不動也不笑。

我尷尬地待了一會兒，便說要走，父親又帶我走出來，走到門口，他才苦惱地說，這南京來的女人不會笑。為了哄S開心，他帶她去台北逛百貨公司，一走進去卻不知道該上哪兒才好？到處都是亮晃晃的燈光鏡子和商品，迷宮似的格局和反覆迴旋的樓層電梯，讓他一時慌了手腳，在裡頭東走西闖地像無頭蒼蠅一樣，一不小心就會撞上透明的玻璃牆。灑著香水的女人如同魚群從他們身旁絡繹不絕穿梭過去，飄來一陣陣清脆的嘻笑聲，但S卻撇過臉，刻意不去看她們，好不容易才在鞋區站定，挑了三雙高跟鞋以後，兩人都已經是滿頭大汗，走出百貨公司被寒風一吹，忍不住打出好幾個大噴嚏。冬夜裡戶外冷清的街頭，和剛才熱鬧明亮的室內一比，顯得格外的冷清淒涼。女人愣了一下，當摸清楚公車站牌方向，便開始在紅磚道上走得飛快起來，父親想上前牽住她的手，卻被狠狠地甩到一旁。她明知道父親的膝蓋開過刀，卻故意要羞辱他似的，他只好一拐一拐拖著腿，拉攏大衣的領口，把購物紙袋抱在胸前，吃力地跟在後頭跑。

坐在回家的公車上，S比原先更不開心，賭氣地背對父親坐著，把車窗拉得大開，十度以下的寒風呼嚕嚕地狂灌進來，吹亂了女人一頭削薄的短髮，露出她那副蒼白又顯得孩子氣的寬額來。她喜歡穿低胸的衣服，也不怕著涼，然而那肌膚此刻卻是冰凍的，公車在柏油馬路上顛簸得厲害，她的乳房便不停隨著發顫，絕望地，父親不忍心，伸過手去環抱住她，卻被她毫不留情打了一掌。她索性站起身，跑到公車的最後一排座位，但才一坐下便遮住臉嗚嗚地哭了，只留父親一個人坐在原先的位子上，風吹進來無情地颳過他的臉頰，又刺又痛又麻。後來，他們就再也沒有去過百貨公司了。

南京的女人說她不想出門，就連上街都不想。她鎮日躲在屋子陰暗的深處，沐浴在稀微的光線之下，任憑天一點一滴黑了，也不開燈，就光是靜坐如無聲的鬼魅，不吃，不說，也不笑。父親惶恐地想，再這樣下去，S就要死在我的手上了呀。

於是父親把診所關了，帶她回南京，嘗試定居下來。S童年的舊家在市中心附近，後來都市開發把老房子拆掉，全遷到城市外圍臨運河渠道邊的集合式公寓裡，她還記得當時倉皇打包離家的情景。這些年來附近卻全變了樣，蓋起一間間的工廠，臭氣沖天的黑色廢水，全都排放到河裡，上面漂浮著動物的屍體和垃圾。她曾經捏著鼻子走過河邊，去其中的一間工廠打工，負責把胸罩織上蕾絲布邊，但才做沒兩天就受不了。她的母親老是譏笑她好吃懶做，也不看看自己是什麼樣的命？但她不管，她知道自己長得美，總有一天大家就會徹底覺悟，她可不比一般尋常的女孩子，但是那一天卻還遲遲沒有到來，眼看著，她就要老了，而在這個有十幾億人口的國家中，超過三十歲以上的女人是不值錢的。她噘起嘴，把雙手攏在袖子中，倚在房間的窗口，冷冷地看著運河駁船上的小男孩，在陰雨嚴寒的日子裡還得光著屁股，蹲在船邊撒尿。男孩的臉是烏黑的，被工廠排放出來的煙霧染黑的。她搖搖頭，厭煩地把窗戶給關了，這可不是她想要的生活。

在家裡待到心煩，她就搭公車到市區的夫子廟和秦淮河一帶，在那兒閒晃看人，看揹著相機的觀光客像傻瓜一樣，排著隊伍一個接一個，笨拙地跳上搖搖晃晃的遊船，但其實那也不過就是一條死水罷了。她嗤之以鼻地笑起來，坐在朋友開的酒吧門口，磕出一地亂糟糟的瓜子殼。她昔日的舊家離這兒並不算遠，但早已經蓋起高樓大廈，門口警衛森嚴，也不知道都是些什麼樣的人住在裡面？這一年來，城裡的房子已經漲成天價，但根據街上的人說，明年恐怕還得要再漲。未來的日子彷彿洪水將至，讓人陷入一種莫名的恐慌，非得要趕緊把什麼牢牢地握在手掌心中不可，否則，就要被它淹沒溺斃似的。

S一邊沉默地磕著瓜子，一邊望向黑魆魆的秦淮河水。她知道父親從台灣帶過來的錢，只夠買城邊的小公寓，但有總比沒有好，至少她總算有了自己的房子，而這項成就已足夠讓她的母親驚嚇到閉緊了嘴巴。然而入住新居的喜悅持續不到一天，剛粉刷的油漆味已經讓她幾乎快要窒息，白日的太陽照在公寓四面白牆上，她坐在沙發上看著看著，就會莫名其妙地覺得心悸。廚房中的成套廚具還是簇新的，閃閃發亮，一次也沒用過，因為她不會做飯，就連燒開水都嫌懶。新建的小區裡每間房屋都長得一模一樣，活像監獄的牢籠，她也說不出是哪裡不對勁，但是寂靜卻死沉沉地覆蓋在每一件事物上面，趕也趕不走，所以她只好把電視機打開，從早到晚，讓沒有意義的喧鬧聲徹天地響，好把那死亡的氣息趕跑。到了最後，連電視的聲音都令人不禁毛骨悚然了，於是她只好往外逃，把父親一人丟在公寓裡。

天天一大早她就獨自上街去玩，南京如今到處都在蓋房子，怪手水泥車滿街跑，塞車厲害，但她不在乎，她喜歡看那些房子逐漸從地底拔高成形了，一棟比一棟還高，高得幾乎可以摸到天邊的雲腳。她夢想有一天，自己也會住在那層高樓上，遠遠地離開地面，離得越遠越好，但現在她卻只能在馬路上走，就像是一隻微不足道的小螞蟻趴在地上。到了夏天，南京是出了名的火爐，她走得滿頭大汗，便到夫子廟的購物街坐下來吃一碗鴨肉冬粉，然後再繼續往秦淮河去，躲在暗巷中的酒吧有一群男人正在那兒等她。

從中午開始，他們就聚在一塊兒打牌喝酒，S握著牌瞇起眼，看屋外炙烈的太陽曬在水鄉的黑色屋瓦上，河邊鬧哄哄揮舞著三角旗的觀光客中，台灣人尤其多，讓她不禁想起被自己扔在公寓裡的老男人，老到簡直可以當她的祖父。她撇撇嘴，心一橫，把手邊的籌碼全下了注，直到夜半深沉，才帶著滿身濃濃的酒味回家。但走沒幾步，S就趴在河邊狂吐起來，穢物全都噗通噗通落入黑幽幽的水中，漾起一股化學廢料混合垃圾甜腥的臭氣。她想起小時候曾經聽說，有個小女孩從橋上掉進河裡淹死了，屍體卻怎麼樣也打撈不到，從此以後，半夜回家的人就會看見石板路上出現了一個長髮的小女孩，全身濕淋淋的，一邊對路人呢喃著說她好冷，一邊在地上留下了一長串的小腳印，一直通到橋頭。S趴在運河旁邊，水面悠悠晃晃地映出了她的倒影，彷彿水中伸出一雙稚嫩的手臂來，也不知是誰的，環繞住她的脖子。她下意識用手去摸了摸自己的喉嚨，十隻手指頭卻全是冰涼的，她張開口，嗓子居然啞了，咿咿啊啊發不出聲音來。她勉強扶著橋頭站起來，看著河面蕩漾的波光一陣頭暈，但她忽然明白，除了這座運河之城以外，自己再也無處可去。

她從此徹底死了心，打定主意再也不回台灣。父親說，要留在南京可以，但能不能為他顧點顏面？好歹，也給他頓飯吃，他坐在公寓中餓了一整天，就光為了等她，哪裡都不敢去。

女人看著眼前這個老到可以當她祖父的男人，從不斷顫抖的嘴角邊，吐出卑微的白色泡沫，她不僅沒有產生同情，反倒是排山倒海的厭惡，一剎那間全都湧上喉頭來，她這才終於用盡了全身的力氣，哭喊說她根本不愛他，從來就沒有一丁點愛過。她漲紅了臉好像在大發脾氣，但其實內心清楚得很，不對的人是自己，但似乎用這種方式就可以嚇阻父親，好讓他感到內疚，知難而退似的。她喊得如此大聲，在夜中聽來一字一句格外分明。是的，她不愛他。

父親在沙發上獨自坐了一整夜，第二天一早，他決定和S離婚，辦完手續離開南京時，他留下一大筆美金，幾乎是自己財產的全部。他不在乎，錢反正再賺就有了，但那金額數目是如此的龐大，連S都不禁感到慚愧。她親自送父親到機場時，站在出境閘門前，她第一次也是最後一次，主動伸出雙手去擁抱他，流著眼淚說他真是一個好人，而她這一輩子都將永遠懷念他。

後來父親對我說，他可憐S，「因為她不愛我，就連自己都沒辦法，而這是任憑誰也做不了主的事。」就因為生得美麗，S的一切作為便可以原諒了，甚至就連她的淚水也是美麗的，濡濕了父親胸前的西裝，他還捨不得去擦，一任它被機場空調的風吹乾了。當正在辦理登機手續時，他卻忽然想起了桂林的女人，她還在漓江畔等著他嗎？

當飛機從南京起飛，快要降落在香港時，他看著窗外林立的高樓，一隻老鷹孤獨地翱翔在這座驚險的人造峽谷之中，他已經決定要變更行程，不回台北了，這一次，他要改飛桂林。

其實在桂林和南京的女人之前，還有一個來自江西的女人，M。但那女人只有姓名，沒有聲音，沒有臉孔，不知道美醜，她就連來台灣的機會都沒有。她住在青島父親買給她的公寓之中，還在默默地等待，因為父親說，他很快就會回來，但是這趟返家的旅程卻是如此的迂迴曲折，不斷意外地向旁邊岔出，擺盪在城市與城市串連而成的迷宮網絡之中。他一直在路上，所以只能留給M一個台灣的地址，一個我們的地址。

M先是寫信給父親，但發覺居然是我們家後，她也不動怒，反倒開始改寫給母親，尊稱她為姊姊，每個星期一封信不間斷地寫，在潔白的信紙上，布滿了密密麻麻的原子筆字。沒有人知道她為什麼要寫給母親？或許一樣都是被父親拋棄在身後的女人，感到同病相憐的緣故。於是她寫夏日天空的遼闊，寫青島海洋的顏色，藍到有些恍惚，寫嶗山到了夏天的尾巴，依舊非常炎熱，她打開窗戶讓海風吹進來，也驅趕不走灼人的暑氣，而每天下午她坐在公寓往窗外望，甚至可以看見空中汩汩流動的蒸氣，但相形之下，遠方的大海卻完全是靜止不動的，就像是在天邊掛上一幅虛假的風景畫作。她坐在窗前等了這麼久，卻始終沒有人從海面上來，讓她不禁揉揉眼睛，疑心那裡是否就是世界的盡頭，而地球到此為止，再也無法往前跨出一步。

M還說，往年的這個時候，她在江西的老家都會和朋友一起上九華山或廬山去避暑，但今年卻惦記著父親可能回來，所以只好在青島這個天涯海角之處守候，日子漫長而無聊，燠熱的長夏令人昏昏欲睡，午覺醒來，才發現一身都是濕答答的汗。她最喜歡的是黃昏時分，流過天空的晚霞，紅得煞是好看，她趴在窗邊，這時才覺得整個人活了過來。她看著一車又一車的西瓜攤，陸續吊著黃色燈泡從四面八方推來，聚集到大馬路口，師傅一邊叫賣，一邊抽出一把黑褐色的長刀，劈下去，紅色的汁液從綠色的果皮下唰地一聲噴出來。M於是走下樓去，買了片西瓜，撈起裙子就坐在紅磚道上啃。那兒越晚越熱鬧，有人把床搬出家門，大刺刺地睡在道旁，有人坐在椅子上給人按摩，彷彿一城的人全都傾巢而出，看著燃燒的紅霞在一瞬間綻放，便忽然全都歸於黑暗，於是一天，竟又如此悄悄地流逝了。

「生命的沙漏，」她在信中寫道，「就在無止盡的等待中，青春一點一滴地流光了，我曾經聽人說過，台灣的西瓜最好，又甜又沙，如果今生有幸可以嚐到一口，那麼就算死也了無遺憾，但不知姊姊妳最愛吃的水果是什麼呢？我最喜歡的是一種楊梅，不知妳吃過沒？楊梅嬌嫩得很，賣得價錢也貴，就屬浙江慈溪出產的最好，台灣肯定吃不到，如果有朝一日我去台灣，一定也想辦法帶一籃去給妳嚐嚐……」

厚厚的一疊信紙，浸染著海洋鹹腥的氣味，從那座遙遠的濱海城市寄到我們的手上時，打開來，太陽的溫熱還停留在筆墨之間，沒有冷卻。白色的風帆，夏日裡遙遠而虛幻的愛，追尋他方的遠行夢想，都被凍結在文字裡。我捧著M的信紙，忽然悠悠地回想了起來，原來在許多年前，也曾經有一個不斷寫信的女人，我的大姊，她坐在公寓中伏案不停地寫，寫給遠方一個個從未曾謀面的陌生人。而那些信箋飛到了天涯海角，但女人們卻還是依然困坐在公寓裡，隨著時間的沙漏老去了，靜靜地，在島嶼的邊緣，在漓江畔，在運河邊，在夏日的海之濱。而紅顏已老，唯有文字卻永恆不滅。

旅途上

魚背上彎折的鱗紋猶如天地變換的索引，是地圖，也是迷津，導向無可回返的事物，無能校正的慌亂。河鱒悠游的深谷，萬物存在較人的歷史悠長；它們輕哼細唱，歌詞裡是不可解的祕密，晦澀的難題。

——戈馬克・麥卡錫《長路》

二〇〇八年，除夕的前一天清晨，我來到桃園機場。年節出國的人數遠遠超乎我的想像，倉皇鑽動的人群塞滿了機場大廳，在長榮航空前面等待劃位的隊伍，已經曲折迴繞了好幾圈。我拉著行李箱擠進人龍，看見跑馬燈顯示出來的班機分別飛往香港、雅加達、河內和金邊，或許正因如此，出現在我身前身後的，幾乎都是東南亞的臉孔，他們大多身穿黑色的皮衣，頭戴一頂棒球帽，上面繡著鮮豔的圖案，而女生則穿深色牛仔褲，踩著黑色的高跟鞋。隊伍前進得非常緩慢，大家不耐煩地左右張望起來，一個排在我面前的中年婦女，留著頭細小的捲髮，身高還不到我的肩膀，裙子下露出兩條粗肥的短腿，她轉身仰起臉來，瞪著我看了好久，才忽然開口問：「妳是台灣人嗎？」

我點點頭，反問道：「妳呢？」

她楞一下，「當然是。」她撇了撇嘴角，似乎覺得我的問話很侮辱，又問，「妳要去哪裡？」

「河內。」我說。

她喔了一聲，說：「我去上海，要去看我兒子。」這時，我才聽出她的口音裡有濃重的台灣腔。她指一指推車上大大小小的皮箱，疊起來比她的人還高，「這些箱子裡面全是吃的，要帶去給他『嚎孤』的。我兒子很乖，很怕我。他在上海娶了一個大陸妹，說是大學畢業，她自以為了不起，很『搖擺』，但是一遇到我，也就不敢『搖擺』了，只能乖乖地聽話。」她哼哼笑出兩聲，似乎非常得意，但過了一會兒，卻又不無遺憾地皺著眉說，「沒辦法啊，我兒子長得很醜，只好娶大陸妹。」她搖搖頭，不斷重複地自言自語，「唉，真的長得很醜，很醜。」

我看她愁眉苦臉的模樣，不禁安慰道：「沒有啦，也沒有那麼醜啦。」說得連我自己都覺得奇異起來，彷彿和她兒子已經認識了好多年似的。

但婦人並沒有因為我的安慰而寬心，她還是搖著頭，用充滿委屈的誇張語調高聲說：「我沒有騙妳，我兒子真的很醜、很醜呀。」她一邊嘆氣，一邊瞅著隊伍中那些異國臉孔，目光帶了些許的不屑和好奇，而我們的視線不約而同落向左前方，那是一個台灣男人帶他的外籍新娘返鄉，三歲大的女兒坐在行李推車上，一雙眼睛骨碌骨碌地轉，正在打量眼前這個形形色色的世界，眼神世故得驚人。

過了好一會兒，婦人才終於把視線收回來，問我，「那妳去河內作什麼？」

「喔，」我的喉頭有什麼異物卡住似的，聲音變得又緊又澀，我輕輕地說，「我要去看我爸爸。」

這是一趟已經延宕了三年的旅程。

時間往前推到二〇〇五年中秋節的第二天，傍晚，我又再次踏入父親在三峽租的小公寓，一直忙到深夜，才把它清理完畢。父親的東西不多，但這是我生平第一次打掃一個不屬於我的空間，一切都得要重頭來過，重新辨認起每一樣物品的價值，以及意義，而這並不是件容易的事。

當我把最後一大包黑色垃圾袋捆好，拖進電梯運到一樓，已經將近十一點了，騎樓裡一片靜悄悄的，沒有點燈，塑膠袋在地上拖行發出奇異的沙沙聲，令人不禁毛骨悚然。我把它拖到牆角的垃圾堆中，喘口氣，站著注視了好一會兒，才又搭電梯回到公寓，打電話請房東過來。她就住在附近，沒想到，卻是一個年輕的女孩子，身穿百褶短裙和黑色高跟馬靴，肩上背著金色的機車包。本來，父親和她簽下一年的租約，現在才住不到三個月，我恐怕她會介意，但幸好沒有。死亡對她來說太過遙遠，所以她什麼也沒問，只是眨著眼睛，神情有些驚惶，而當我把鑰匙還給她，開口告辭時，她卻表示自己還想要在這兒多待一會兒。

我不知道她打算做什麼。公寓裡面已經清空了，只剩下一張鮮綠色的塑膠皮沙發、花朵造型的小茶几，還有一席粉紅色的布窗簾，都是她買來給房客使用的。當初，她在布置家具時必定沒有想到，第一個房客竟然會是個八十多歲的老頭吧。而她從來就沒有想過老死這一回事，所以現在才會被嚇呆了，也所以，她必須要一個人留在那間空蕩蕩的公寓裡，好好的想一想。於是我沒再多說什麼，便提起放在門邊的手提箱，向孤伶伶坐在綠色沙發上的女孩道別。

而那是一只自從我有記憶以來就看見的手提箱。不論走到哪裡，父親總是把它提在手上，似乎所有重要的東西全擱在裡面，如今，他的一生走完了，數十年的歲月，到頭來也不過總結在這一只箱子裡。我帶著它，開車從三峽回到家中，坐在書桌前捻亮檯燈，把它放在桌上，終於下定決心要打開它。我的手指扣住箱蓋，慢慢地往上拉，拉開以後，最上面露出來的是一紙小小的登機證，出發地點是河內，抵達地是台北，而登機證的下方是一張被折得方方正正的地圖。

我原本以為那是張中國的地圖，但在燈光下攤開來後，才發現父親用紅筆在圖上做了一連串的記號，仔細瞧，那竟然不是中國，而是越南，並且只有北越。父親用紅筆把河內圈起來，然後畫出一條斜線，往左上方拉過去，一路經過了永安、富壽、安沛，抵達老街，最後斜線岔出，落在一個陌生的小鎮，它就夾在瀘江、紅河、黑河和黃連山脈之間，是一個我從來沒有聽過，而旅遊書上也查不到的名字。

我伸出食指，順著父親畫出來的紅線往上移，在十九、二十世紀殖民時期，為了打通往中國的捷徑，法國人在山嶺間開鑿出一條鐵路，直到今天，火車都還是這一帶最方便也最舒服的交通工具。它的起點是河內，一路朝西北方往上爬，穿越山谷，而終點站老街就落在中、越的邊境，如果要前往中國，可以在此地銜接滇越鐵路，一路進入雲南，而如果想要向東行，則翻越黃連山脈和黑河，就會來到了寮國的邊界孟彭。據我所知，這一條路並不好走，附近全是兩三千公尺以上的高山，山路崎嶇，雲霧終年繚繞，布滿了瘴癘之氣，有時會突然下起傾盆大雨，但到了下一刻，卻又豔陽高照，陰晴不定，風雨變化無端，即便是在夏天，氣溫也會無預警地下降，在一瞬間變得寒冷異常。但光是冷還不打緊，山裡的濕氣才最教人難受，它從土壤竄出，浸透人的腳底，再一直往上鑽入人的骨髓、四肢和頭皮，讓我只要一想起來就忍不住全身發顫。但父親為何要不辭艱辛去到那一座偏遠的山中小鎮呢？如今中、越、寮三國的交界之處，據說也是走私毒品最猖獗的罪惡三角地，而父親難道不知情，也不害怕嗎？

我翻開父親的日記，終於在他生命中的最後一個農曆除夕，找到了這個地名。他陪新婚妻子回到這裡，越南女孩的娘家，他用激動又欣喜的口吻寫道，這一回，自己總算是一個「有家的人」了，而畢生渴求的願望得以實現，他內心充滿了疼惜和感激，特別準備一筆美金幫他們翻修房子，又帶了維他命給「父親」和「母親」補身體，臨行前，還去大賣場買了把玩具水槍，說是要送給「小弟」。他畢生嚮往而終於得之的「家人」，最後居然是落在北越的深山裡。

我拿起父親的登機證，上面打印的時間是中秋節一大早，他從河內飛回台北。算一算，當他把越南女孩送回他所謂的「家」之後，很有可能是從老街搭上夜間的火車，而在隔天清晨也就是中秋節，抵達河內，然後轉搭飛機回台北。從老街到河內的距離其實不遠，才三百多公里，但那火車的年紀已經很老了，百年來未曾翻新，時速三十公里不到，很有可能是當今世界上數一數二的慢車。我的手指沿著地圖上的紅線，一路搖搖晃晃地緩慢前進，想像父親在人世間的最後一個夜晚，正是在這樣一輛從殖民時代遺留下來的古老蒸汽火車上度過，然而，現在我的手指頭在地圖上移動，卻只要花不到三秒鐘，就可以把這段路程走完，從頭走到尾。

我的指尖停在河內。這樣不對。我搖搖頭。

我忽然很想要搭上那一班火車。我想要知道他在人生的最後一夜，究竟看到了什麼樣的風景？而那些睡在黑夜中的水泥樓房，星光所無私照耀的綠色稻田，是否還一直停留在他臨終時的瞳孔上？我也想要聞一聞他最後一夜所能聞到的氣味，那蒸氣火車刺鼻的燃煤，車廂內空調濕冷的霉味，還有人體在東南亞燠熱高溫中所蒸騰出來的汗臭，再混合著食物古怪辛辣的香料，在火車緩慢卻又激烈的搖晃之下，總是讓人腸胃一陣翻攪欲嘔。我也想要聽那笨重的火車頭時走、時停的硿咚聲響，以及突然緊急煞車時，輪子與鐵軌劇烈摩擦所發出來高亢又尖銳的噪音。然後我更想要看見的，是他在日記本中所記載的「家人」，他恭敬地尊稱為「父親」和「母親」、但其實年齡卻比他小上不只兩輪的異國人們，以及他那還在牙牙學語玩水槍的「小弟」。

我把地圖和日記放回箱子裡。當處理完父親的後事，我再度把它打開，卻發現裡面的東西全不見了。「都是些沒用的垃圾。」母親冷冷地說。她早把它們全丟了，而我坐在那只空箱子前，震驚得說不出話來，就在秋日的夜晚，秋聲肅殺，而一個男人的一生從此宣告煙消雲散，只剩下一隻空空如也的箱子，一如他在我心目中留下來的：空空如也的一生。

一個人的生命，從此陷入了全然的沉默。

我捧住頭，努力回想那張地圖，卻發現記憶已經在快速地扭曲變形，有些枝微末節的事我記得一清二楚，譬如在清理完父親的公寓後，四周的啞寂和空洞緩慢飄落下來，彷彿無數冰涼的毛毛蟲覆蓋住我全身上下的毛細孔；又譬如當我把黑色垃圾袋拖到牆邊，它緩緩地歪倒下去時，就像一個無家可歸的流浪漢終於鬆開了他的肩膀和雙手；又譬如女房東穿的那雙鑲有銅釦的咖啡色馬靴，上面濺了些許污泥，透露出青春底下的斑駁暗影。而這些不連貫的畫面，在一瞬間全都回到了我的腦海，然而父親放在手提箱裡的照片、日記和地圖呢？卻好像流沙一般迅速從我的指縫間溜走，我惶恐地伸出手去想要捕捉，卻反倒更加速它們的流失，因此就連越南女孩所在的村莊名稱，我也完全想不起來了。那個地名從此徹底地遺失，又落回叢山峻嶺的茫茫雲霧之中。

於是我什麼也沒帶，除了一本寂寞星球的旅遊指南，就憑記憶中那條在地圖上劃過的紅線，我往北越山區前進，要尋找父親照片中那棟藍色的木屋，以及栽種了幾棵矮小灌木的小山坡。天氣非常炎熱，白花花的太陽高懸在空中，照耀得我幾乎睜不開雙眼，正當我要開口詛咒這詭異的氣候時，一瞬間，天色卻變得晦暗不明起來，我抬頭一看，不知何處湧來大片大片的烏雲，就像層層海浪在我頭頂上洶湧翻滾，豆大的雨點從雲層的皺褶之間霹哩啪啦打下來，我趕緊撐開手中的傘，才發現那傘的骨架已經快支離分散了。風從遙遠的山口處灌進來，一下子就把我的傘捲到半空中，傘骨斷成了好幾截，我索性把它往路旁一扔，拉緊身上的外套，縮著頭，冒雨繼續前行。

暴雨打在山脊上，混濁的泥流沿著山壁汩汩地滑下，淹沒了整條山路，直逼到我的腳踝。我每往前走一步，布鞋就咕嘰一下吐出大灘的泥巴水來。眼看著雨越下越大，前方路面的積水成了河流瀑布，滾滾而下，但我卻一點也沒有要轉身逃跑，或是反抗的意思，心中只是一直想著，我為什麼要來到這裡呢？我究竟想要知道什麼？如此千辛萬苦地尋找，是否只是一場無用的徒勞？而我為什麼不乾脆鬆開雙手，讓這一切隨風而逝，就像萬物一樣最終都要歸於塵土？

但就在這樣疑問的同時，我卻又彷彿聽見亡魂不肯安寧的喘息聲，父親在記憶的迷宮之中乙乙地來回遊走，還在尋找出口，哀哀的呼喚朝向四面八方散開，在我的耳內發出海嘯一般轟隆隆的回音。我聽到他在喊，說我怎麼還不去看他呢？說他一直在那兒等我，始終在等著我，等著我前去招魂。然而在下一秒，我卻又發現根本沒有別人，沒有人在呼喊，而發出呼喊的其實就是我自己，一個還停留在六歲年紀沒有長大的小女孩，她獨自一人，蹲在陌生城市公寓的幽暗角落哭泣，哭著要我帶她回家。

所以我非去不可，非去到那另外的一個世界不可。我再一次告訴自己，甩甩頭，將臉上狼狽的雨水抹去，瞇起模糊不清的雙眼，繼續尋找照片中父親和越南女孩背後的風景。我相信在那裡，就必定會找到通往另一個世界的甬道。

滂沱的大雨轟然落下，從髮梢不斷滑到我冰冷的臉頰，我停住腳步，在朦朧的視線中卻赫然發現，原來滿山遍野竟都是一模一樣的斜坡，以及同樣營養不良的瘦小灌木。

我不禁啞聲失笑了。泥流已經沖斷前方的山路，再往後一看，又全被純白色的雨霧所淹沒，我搖搖頭，覺得自己簡直既愚蠢又瘋狂，怎麼會陷入這樣荒唐的險境之中呢？

我一邊口齒不清地喃喃自語，一邊張開雙眼，醒過來，才發覺原來是一場夢。

我疲憊地靠在機窗上，嘴巴又乾又澀，望向窗外灰濛濛的天空，老舊的機翼正要通過雲層，在狂風中發出激烈的顫抖。客艙內傳來機長低沉的廣播聲，時間已經過了中午，河內就快到了，地面氣溫只有攝氏五度。看起來，這裡的冬天遠遠比我預期中還要來得寒冷，我不禁打了陣哆嗦，注視飛機下方的土地，在狹長的印度支那半島上，視線所及之處居然看不見一棵樹木，或是綠地，而所有的土地全被瓜分成為一小塊一小塊的田，目前正處於休耕的狀態，枯黃的草桿奄奄一息，紛紛垂倒在黃褐色的泥水中。曖昧的灰色天光流進了機艙，沒有透露出任何一絲足以振奮人心的訊息。

飛機終於降落在跑道上。在滑行一陣之後，它便逐漸減速，轉個彎，朝向航站大廈靠近，停穩，熄滅了嗡嗡作響的引擎，機艙內的燈光一瞬間大亮，大家這時才恍然大悟從夢中驚醒過來似的，站起身窸窸窣窣地拿行李，擠在狹小的通道上。我回過頭，幾乎看不見遊客，多是些返鄉的外勞和外傭，手上提著大包的台灣名產鳳梨酥和牛軋糖，每個人都縮著脖子，木木的面無表情。

而河內機場也遠比我想像中要灰暗，地板是冰冷的瓷磚，牆上貼著老舊早已失去了光澤的金屬板。但一走出海關，氣氛卻忽然間變得活潑起來，欄杆外面站著許多接機的人，伸長了脖子不安地探望，他們都像是全家族集體出動，其中年紀大些梳著老式包髻的，很有可能是母親，正躲在人群的最後面，低下頭去拭淚，但父親卻不知哪裡去了，只有一些年紀較輕像是舅舅之類的男人，而年幼的孩子們則都經過一番精心打扮，身穿綴有蕾絲邊的白色蓬蓬裙，手上捧著一大束鮮花，彷彿等著要獻給哪一位國際巨星。當那些外勞和外傭領了行李，走出關，人群中立刻爆出歡呼，一擁而上，在親人的鼓掌聲中，美麗的小女孩為他們獻上鮮花，而母親則是邊哭邊笑，被親人推上前去和他們擁抱。這是衣錦還鄉榮歸的一刻。

我不禁想起朋友家的外傭，總是面無表情在公寓內安靜地走動，被隔在一道薄膜之外，有如不真實的影子在眼前飄忽而過。我們總是習慣性地不將他們放在視線中。然而一旦回到了家鄉，在花環和親人的簇擁之下，他們卻全都變得立體鮮活而生動起來，反倒是我，才真正成了那個隱形不見的局外人，異鄉客。我迷惘地看著眼前陌生的國度，這個在父親臨終之時頻頻呼喊的方向，以及這些被他視為「家人」的人們，不禁深深地懷疑起，我所將要面對的，恐怕是一個即使我親身來到這裡，也永遠無法抵達的謎。

寂寞星球旅遊書上說，河內機場一團混亂，但事實上似乎更糟。我想詢問去市區的接駁巴士，服務台卻掛上中午休息的牌子，一個人影也沒有，大概吃飯和睡午覺去了，在共產國家中這兩件事比什麼都來得重要。不過無所謂，反正我還不急，我搭的是晚上九點從河內出發的火車，所以有整個下午的時間可以閒晃。但徘徊在機場大廳兜攬生意的計程車司機卻不放過我，一群身穿黑色皮衣的人立刻圍上來，嗡嗡地環繞著我，問我住哪一間旅館？需不需要車？我拉著行李猛搖頭，像無頭蒼蠅似的在大廳內盲目打轉，努力想擺脫他們，好不容易才找到一間旅行社，我向站在櫃台後面的小姐要河內地圖，但她拿出來的卻是張美食導覽圖，上面全是大大小小的餐廳廣告。我搖搖頭，這不是我要的。我把地圖還給她，又問哪兒有巴士可以到市區？她很不友善地指了一下機場外面，便冷冷地扭過頭去不再理睬我。

我走出機場，果然看到一輛老舊的巴士停在門口，但沒有註明開往的地點，也找不到時刻表，車上更是空蕩蕩的一個乘客也沒有。我爬上去，問司機何時發車呢？他兩手一攤說，客滿了就開。我左右張望，剛才下飛機的旅客現在都不知消失到哪兒去了？見不到半個人影，而司機卻一點也不著急，還悠閒地靠在方向盤上，望著前方哼歌，我很懷疑這輛巴士一直到晚上都還開不了，只好走下車，繞了老半天，總算找到旅遊書上推薦的越南航空巴士，卻只見到一個站牌，其餘什麼也沒有，沒有服務人員，沒有司機，更沒有車。我在原地胡亂打轉，本來緊跟在我身後的計程車司機們，現在都站到一旁去了，把雙臂抱在胸前，似乎等著看我究竟能怎麼辦？到了最後，我也不得不向他們投降，選了一輛車，兩人說好十五塊美金到市區。

我告訴司機一個咖啡館的地址。寂寞星球書上大力推薦，說那兒是河內老城區中最具有亞洲風情的建築，而我現在冷得全身發抖，正渴望有一杯熱騰騰的咖啡來溫暖四肢。司機還不等我說完就猛點頭，將車子駛上道路，似乎對於路線早就了然於胸。沒多久，路旁就陸續出現城鎮和市場，越靠近城區，道路越狹窄，最後成了單線道，塞車十分嚴重，柏油路面坑坑窪窪的，摩托車從我們的車旁唰唰鑽過去，濺起了一大片污泥。奇怪的是，坐在摩托車後座的人們卻都懷抱著大把鮮花，玫瑰花、菊花、百合，更驚人的還有一樹樹桃花，足足有兩個人高，嬌弱的花瓣在冬日寒風和一街汽機車噴出來的黑色油煙之中，楚楚可憐地飄顫著。就在這一天，農曆新年前夕，似乎所有的人都只有一件任務，那就是去買花，紅白花蕊從街道上紛紛地流動過去，連綴成了一條美麗的花河。

半個多小時後，計程車終於駛入河內的老城區，左拐右轉，穿梭過無數條迷宮般的巷弄，兩旁都是低矮的灰色水泥樓房，最後停在一間旅館的門口，穿著白色制服的男人立刻噠噠噠地從階梯衝下來。我抬頭一看，住址根本不對，恐怕事有蹊蹺，便又縮回身子，對司機大喊，「不，我要去的是咖啡館。」但他卻一直搖頭趕我下車，就在這個時候，穿白制服的男人已經把車門打開了。

我一邊喊，你們搞錯了，我已經訂好別的旅館，一邊想要從他的手中拉回車門，但男人卻用手撐住，不讓我關上，還俯下身來質問我：「哪一間？」他的口氣相當尖銳，眼神冰冷而且遙遠，後來，我在許多北越男人的臉上，都見到這種讓人捉摸不透的神情。

我一怔，便大叫起來：「這不關你的事。」我想關門，但他硬是不肯鬆手，我只好轉頭，憤怒地對司機大喊要去的地址，喊了一遍又一遍，我知道他不是聽不懂，只是不肯輕易地妥協，而你非得要比他們更加堅持不可。就這樣，我們僵持了好久，站在車外的男人才終於死了心，他把手一鬆，車門砰地闔上。我喘著氣，回頭看他瘦削的身影，還站立在馬路的正中央，就像一把冷冷的刀插入大地。於是司機又帶著滿臉的愁容，重新駛回街頭，這時天空已經開始下起淅瀝的冷雨，打在車窗玻璃上，雨刷來回刷著，惶惶地，留下了一道道污泥的痕跡。

這一回，咖啡館終於是到了，我確認沒有錯才肯下車。它夾在熙攘的街道上，外表看來毫不起眼，旅遊書中卻形容它是鬧中取靜。我拉著行李箱吃力地擠進狹窄的門，一走進去便發現它是典型的越南建築，又窄，又瘦，又長，只要張開手臂，就幾乎可以碰到左右兩邊的牆。咖啡館裡懸吊著一盞盞昏暗的紅色燈籠，像鬼火浮在半空中，細緻的木雕桌上燒起一爐檀香，薰得人暈暈沉沉的，裡面的客人不多，大半若隱若現藏在從天花板垂落到地的竹簾後。對我而言，這種妖媚頹廢的中國風情並不陌生，然而在經歷過剛才那一番街上的搏鬥，我現在只想要有一個地方可以歇歇腿。我於是揀了張仿古的紅木椅坐下，安頓好行李，才開始發覺天氣真的好冷，我搓著雙手，點了熱拿鐵和牛肉炒河粉。趁食物還沒來的空檔，我打量四周，看見斜前方的長條板凳上，坐在一個年約六十多歲的白種男人，瘦瘦的，穿著件灰色方格襯衫，正埋頭吃一盤盛在竹籠上的生春捲。他熟練地將粉絲捲入青菜中，一邊讀英文報紙，看起來，已經相當融入當地的生活。

隨著時間越近傍晚，河內的氣溫越低，寒風細雨從咖啡館半掩的門直撲進來，冷得我簌簌發抖。好不容易拿鐵送來了，卻只有微溫，我趕緊把它捧在手中，沒兩下便涼了，只能失望地放到一旁，改拿起叉子，將一團黏糊糊的炒河粉送入口中，但過度的油膩和味精，讓我只能勉強嚥下幾口。這顯然又是一間被旅遊指南誇大了的餐廳。我嘆口氣，丟下叉子，縮在那把又窄又硬的木椅上，背脊不舒服地左右挪動著。這時老闆娘忽然從屋子深處款款地走出來，穿著一襲月白透綠光的絲質旗袍，長尖臉上畫著兩道細細的眉毛。她身子微傾，手肘斜靠在吧台上，望著窗玻璃上恍惚錯雜的雨痕發呆。

叮噹一聲，店門又打開了，這次走進來的是兩個年輕白人女孩，背著超大的登山包，手中拿和我一模一樣的寂寞星球，興奮地左右張望起來。我搖搖頭，試著把面前那杯冷掉的拿鐵灌入胃中，而坐在長板凳上的老白人已經吃完春捲，準備起身離開了。他走到門口的櫃台結完帳後，卻又特地繞回來，跟老闆娘抱怨說食物不夠新鮮。但她面無表情地聽著，維持原來的姿勢不動，也沒有任何愧疚，好像根本聽不懂他的英文似的。

老白人無奈地聳聳肩走了。他在門口停了一下，手長腳長的身材站在窄小的門前，顯得特別的高大，他把頭靠在門楣上，彷彿對於外面世界的混亂與喧囂，也有些遲疑，但好不容易才下定決心似的，他低下頭，大跨步走出去，僅僅一剎那，便消失在黯淡的街景裡。

這樣的人通常讓我想起葛林的小說，或是奈波爾，而我也曾認識過幾個這樣的白人，他們在自己的國家時，永遠是一個不得其所的局外人，反倒千里迢迢來到亞洲，在悶熱的陽光下，在潮濕漫長的雨季中，在污濁不堪又擁擠的市場和街頭，才居然有了回到家的親切感受。他們寧可一輩子在異鄉流浪漂泊，卻也說不清到底是在找些什麼。

想到這裡，我決定放棄自己的炒河粉了，看起來，天氣沒有回溫的跡象，而我的感冒藥帶得不夠，應該趁今晚搭火車前趕緊買些來備用才是。於是我又拖著行李箱，走出咖啡館，經過路邊賣河粉的攤子，熱騰騰的清湯上浮了幾片碧綠的薄荷，讓我忍不住坐下來吃了一大碗。在河粉攤的右邊，一個母親帶著五歲大的女兒坐在板凳上，紅磚道旁擺放兩支紅色熱水瓶，幾個玻璃杯，就這樣賣起茶來。這是越南式的露天茶座，一個男人走過來，岔開雙腿坐下，不等他開口，女人就立刻遞上一杯冒出熱煙的茶，男人尖著舌咂了一口，望著街頭滿足地笑了。無論再怎麼濕冷髒亂，這裡到底也還是自己的家，自己的地盤，自己的人們，於是他安心地發出了一聲長嘆，而細雨綿綿，不斷飄落在他的肩膀。

我捧起河粉湯碗，咕嚕嚕喝到精光，那男人來自於日常生活的微笑，不知怎麼的，卻讓我湧起了說不出的疏離和難堪，好像自己隨時會被這場雨帶走，沖蝕到無影無蹤似的。於是我強打起精神，拉著行李，繼續在布滿碎石泥濘的街道上困難地往前走，不知走了多遠，街角總算出現一間藥局，我推開玻璃門進去，竟又看到咖啡館裡的老白人，正站在藥櫃前，研究手上的一盒藥膏。他抬起頭，認出了我，朝我招招手，我走過去，藥盒上寫的越南文我們兩人都看不懂。

「我很擔心這些藥的來源，不知道是誰做的？」他搖頭說。

「應該有進口的吧。」我又拿起架上的幾個藥盒，但都找不到英文說明。

「哈，但願有。」老白人對我挑挑眉毛，然後又用那種摻雜些許疑惑和迷惘的眼神，注視玻璃門外的街道，似乎放棄了買藥的打算。而我才一轉身，再次回頭時，就發現他已經離開了。

藥店的店員聽不懂英文，我勉強比手劃腳半天，胡亂買了些藥，便再度拉著行李箱走上街頭。這兒外來貨物雖然稀少，但卻已被現代化所侵蝕，高昂的物價令人吃驚，但卻不見得能夠換到等質的商品。此刻傍晚濕漉漉的天色，宛如水墨一般陰沉，更為這座老城增添了幾許憂鬱的氣息，而狹窄的街上滿是機車和黑色的人頭在鑽動，卻也無法使這個冬日變得溫暖，反倒有一股說不出的蕭瑟寒意。

旅遊書上說，老城區的每一條街都各有特色，乍看之下充滿了中國風味，但就像哈哈鏡所投射出來的世界，一切都是扭曲變形的，大紅春聯上寫的卻是蟹行拼音。在老城區的盡頭是一大片傳統市場，正是攤販聚集最熱鬧的時刻，水果菜蔬、雞鴨魚肉河鮮什麼都有，還有賣油炸的麵餅和法式三明治。我拖著行李擠進市場，在轉彎處竟又遇見那個老白人。他就坐在一個背靠磚牆的露天茶座，屁股下是張小板凳，腳邊擱著啤酒和一碟花生。他的前方是賣魚的攤子，一簍簍滑溜的泥鰍蠢蠢扭動著。或許是因為天光慘澹，也或許是因為夾在一群小販中間，他的皮膚好像也變得晦暗了，如果不仔細看，還真不容易發現有一個白人存在。

這一回他看見我，竟興奮地揮舞雙手，大聲喊起來了。接著他把啤酒一口氣灌完，站起身，在滿地魚蝦的潮濕竹簍中一路跳著，向我走過來。才短短的一個下午不到，我們已經是第三次見面，就像是多年的好友在異鄉重逢，又像是在大海中漂浮，卻忽然抓得根浮木似的，他站在我面前，開心地揚起手中的塑膠袋，說是在前面的麵包店買的，十個小貝殼蛋糕，總共才花了五塊錢美金，他不確定新不新鮮，但已經算是非常便宜，叫我也趕緊去買，因為越南的物價飛漲，說到這裡，他誇張地把手往上一揮，嘟起嘴發出「噗」的一聲，說他來過越南好幾次了，今年卻特別奇怪，到處找不到便宜的東西。

我們抱怨了一會兒物價，他問我接下來打算去哪兒？我說今晚要搭火車，去老街一帶。他說那兒是好地方，早在十年前他就去過了，現在卻不知變得如何？

一時間我們彷佛無話可說了，立在人來人往的攤販推車中，尷尬地沉默了半晌之後，我開口向他道別，又繼續往前走，行李箱的滾輪早已卡滿了骯髒的泥巴。我艱難地拉著它穿過市場，來到十字路口，眼前忽然出現一座中國式的城牆，但尺寸卻縮小了不少，簡直就像一座小人國。交通在這裡陷入混亂打結的狀態，四面八方都有車輛湧來，針鋒相對，誰也不肯讓誰，只好把喇叭按得喧天大響。我皺著眉摀起耳朵，一輛人力車卻直衝過來，我踉蹌著倒退了好幾步，又退回到人行道上，茫然地四下張望，不知該走往哪一個方向？

我回過頭，卻遠遠地看見那白人還站在原地，頂著一頭灰白的亂髮和鬍渣，身材明顯比旁人高出許多，所以肩膀總是習慣性地往內縮，就好像是一隻煮得過熟的蝦子。他若有所思的，站著一動也不動，我卻忽然興起了一陣錯覺，彷彿是看見父親獨自站在那兒，也和他一樣置身在異鄉嘈雜的人群裡，被一陣突如其來的疑惑所困，奇怪自己怎麼會走到人生的這一步？

當我來到河內火車站時，天色已然全黑，火車站規模很小，附近出奇的冷清，不但沒有年假的人潮，也沒有什麼商家。在二十坪不到的候車室裡，金髮碧眼的外國遊客居然比本地人還多，大家坐在椅子上靜靜地等候，大包小包的行李排在腳邊，幾乎塞滿了整條走道。火車到離的時刻表寫在一張小木板上，掛在驗票口，但也是語焉不詳的，整個晚上感覺不到火車的抵達，也沒有離去，而只有大家在候車室中漫無止盡的等待。後來我才知道，這種等待在越南旅行時是司空見慣了的，搭火車、搭船、搭巴士，每一個動作彼此之間都相互脫了節，而落下一大片的空白，就像被卡在電影膠捲畫面之間的隙縫，停格不動，只等待著一個未知的發生。而那等待是如此的漫長，以至於我後來回想起來，只剩下靜坐的身影，而周圍是一片悄然不動的風景，唯有光線隨著天色向晚，逐漸地暗了下來。

也不知大家怎麼得知登車的時間，人群間忽然起了一陣騷動，大家紛紛地站起身，往驗票的閘口移動，我也希里糊塗跟著走，手中惶惶地握著車票，一看到身穿制服的人，就緊抓住他問，「是這班車嗎？是這班車嗎？」但也得不到確切的回答，就看到對方的手不耐煩地朝黑夜中比劃，我就又被後面的人潮推走了，一下子，就推出了閘口，落到一大片遼闊的天地之間，就好像作了場大夢。

無邊無際的夜幕乍現在眼前，而天上無星，也無月。大地上交錯劃過好幾條粗大的鐵軌，天邊忽然浮現一個蒸汽火車頭，冒出雪白的煙，嗚嗚嗚地駛過來，前方亮著斗大的燈，有如怪獸嚇人的巨眼，一下子照得人眼睛都盲了，但一直等到它駛過之後才知道，原來也單是一個火車頭罷了，就像是一個彪形大漢卻只剩下顆腦袋瓜似的，卻還得裝腔作勢的唬人，簡直滑稽到可怖。遠方長列的車廂像一隻蛇般靜靜躺臥在鐵軌上，月台上點起昏黃的燈，但在煙霧中也看不清楚。這兒沒有留給行人的通道，沒有廣播，沒有指示，只能自己扛起行李越過鐵軌，腳底下全是石頭喀啦喀啦地滾著，人群如蟻般在大地上蠕動，笨拙地爬上了月台。

我一一對著列車號碼，終於找到自己的包廂，躺在臥鋪上，過了好久，火車才發出硿咚一聲巨響出發了，它時走，時停，劇烈的搖晃，竟比搭船出海時遇到大浪還要暈，好幾次緊急煞車，尖銳高亢的聲音聽起來驚險萬分，讓人幾乎以為車廂出了軌。黑暗中，也看不清楚手錶是幾點？我彷彿只有瞇一剎那，又彷彿已經睡了長長的一覺醒來，朦朧之中，我翻過身把頭埋入棉被，試圖再次睡去，卻發現火車靜止在原地，而四周圍安靜極了，包廂中漂浮著迷離的微光，同車的旅客竟連一點呼吸聲音也沒有。我忍不住睜開雙眼，爬起來，看見他們皆翻身背對我，石雕像般一動也不動，我真懷疑火車搖晃得這麼厲害，他們怎麼可能睡得著呢？

我越想越是惶恐，掀開車廂的窗簾，看見火車正停靠在山間一個不知名的小站。月台上空無一人。黑夜中，天空下起了無聲無息的絲絲細雨，彷彿一齣古老而哀傷的黑白默片。一個男人佇立在剪票口，他穿著長大衣，撐一把黑傘，遮住了他的臉。雨水在他的傘面上形成一片淒美的水花。

我放下窗簾，坐在臥鋪上，在黑暗中開始摸索起來，套上衣服，爬下床。我躡起腳尖，小心翼翼地把包厢門打開，然後沿著一條木頭鋪成的狹窄長廊，走到車廂之間的銜接處。我使勁拉開車門，冷風嘩的一聲撲進來，吹得我頭皮發麻。我深呼吸了一口新鮮空氣，坐下來，抱著膝蓋，看著鐵道旁整排沒有點燈的水泥樓房，一條棉被孤零零地晾在陽台的欄杆上。

火車絲毫沒有要啟程的跡象。這裡就好像是童話中被巫婆下了咒語的城堡，萬事萬物皆被籠罩在黑色的大網之中，而陷入了沉沉的睡眠。這裡只有我一個人是清醒著的。全世界只剩下我而已，只有我，除此之外，什麼都沒有。我眨了眨眼，看著對面陽台那條懸在冷風中的棉被，我很怕自己會大聲哭出來。但我告訴自己，這樣一個寧靜的黑夜，不正是我長久以來渴求和嚮往的嗎？而這個世界既是如此的和平安詳，我又為什麼要感到恐懼呢？

因為我知道，這裡不只剩下我自己。

這裡還有別人。一團黑影恍恍惚惚的，從車廂走道的深處浮了出來。我知道，那是一個我為了追隨他的腳步，跨海千里迢迢而來的人。他正慢慢地朝我這兒靠近，悄然無聲。在黯淡的燈光下，父親五官的輪廓宛如浮雕一般，從黑夜的海洋深處逐漸地顯現。但他的靈魂卻好老好老，嘴唇乾癟，就連說話的力氣都沒有。他一直走到我的跟前。

「妳來了？」他彷彿動了動嘴角，但是他的聲音好小，我根本聽不見。

「是的。」我顫抖著，「我早該來了。因為我想知道，你生命中的最後一夜究竟在想什麼？」

「所以妳現在知道了。」

「不，我不知道，」我搖頭，大聲說，「我本來或許知道，但現在卻更不知道了。你怎麼能夠忍受得了？怎麼能夠一個人搭上這種火車，在夜裡晃啊晃的，撐完這趟旅程從越南回到台灣？這種辛苦，連我現在都快要受不了。……」我越說越激動，到最後，索性哭了起來。

「因為我非把她送回越南不可。我不是早就告訴妳了？只是妳沒聽懂。」

「對，我沒有聽懂，我從來就不懂你在想什麼。」我大喊，「因為你從來就不對我說，你連我的電話都不接，到了最後，你也寧可對那個越南女孩說，即使她聽不懂你的國語，你也寧可對她說，而不是我……」

我喊著，但心中卻又害怕，我從來不曾在他面前如此任性的大聲說話。這是多麼可笑，我居然連他的鬼魂都怕。但他卻沒有如同我所擔心的一樣，偏過頭去，露出一貫輕蔑的眼神。他根本就沒有任何表情，甚至沒有看我。他從來就沒有看我，所以他跟越南女孩說，最愛的人是我，其實也都是說謊的吧。一想到這兒，我就忍不住憤怒地顫抖起來，但四周回應給我的，卻只有無邊的空虛和沉默，我感到他竟又徐徐地消失了，就連一聲嘆息都沒有留下，彷彿是大地呼出來的一陣氣體，飄散入黑夜的深淵之中。那一個讓人永遠捉摸不定的遊牧者，一個注定流離失所，就連靈魂也得不到安息的人。

我終於知道，自己是再也不可能理解他了。他不會向我解釋的。因為我不是最靠近他的那一個人。始終不是。雖然是我把他的身軀送入熊熊的烈焰之中，是我把他的骨灰用筷子撿起來，一塊一塊地放到甕裡，是我把他的手提箱拿回家，攤開來放在桌上，也是我到戶政事務所，把他的生命從中華民國的戶籍系統中結束掉，從此一筆勾銷，但我卻永遠不可能再理解他了，做再多的文獻研究，跑再多的田野調查也沒有用。我才是永遠的局外人。真正的無家可歸者。而我想要追尋的那個人，那顆臨死之前的祕密的心，也已經永遠被封鎖在越南，封鎖在層層疊疊的綠色梯田和黃土山坡，一個公路幾乎斷絕，連語言也沒有辦法溝通的地方。我彷彿看見那一棟破舊的木屋就歪斜在山路旁，半掩著憂鬱的藍色木門，而寂靜正斂著牠那一雙衰老的黑色翅膀，棲息在門框上。

他果真在那裡等待我的到來嗎？

在老街下車的遊客，有九成以上都轉往沙壩，據說是少數民族聚居之地。我也跟著大家轉搭巴士，但就像是矇著眼睛瞎闖，以為只要來到這一個被父親用紅筆圈起來的地點，就自然而然知道該走的方向，而答案也將如同神啟一般向我展現，但是現在的我卻什麼也看不到。

沙壩比起河內還要冷，氣溫逼近零度，山中升起了冉冉的大霧，遮蔽了眼前一切的風景。我把行李丟在旅館，便沿著條小路走到鎮中心的廣場，那兒矗立著一座尖頂的天主教堂，教堂背後的山谷卻全陷落在白色的雲霧裡。廣場上只有三兩遊客，稀稀落落的，在濕冷的天氣中似乎提不起什麼興致，而幾個穿少數民族服裝的少女聚集在教堂前聊天，我走過去，問她們可不可以帶我去看鄰近的村莊？一個花苗打扮的少女點了點頭，她帶我走入一條狹仄陡峭的階梯，穿過房舍之間，而那裡面居然藏著一個小小的市集。她在集裡找到了一個騎摩托車的男人，兩人嘰嘰咕咕說了半天。

「上車。」少女帶著命令的口吻對我說。

我抬起腿，跨上後座，轉頭問她：「那妳呢？」

「坐妳後面。」她回答，然後也跨了上來，緊貼住我的背。我們三人就這樣擠在一輛摩托車上，男人轉了個彎鑽出市集，呼嘯著騎上山路。山中的大霧迎面撲來，在綿密的細雨中，我的雙眼簡直無法睜開，我感到身後的少女吐出一陣陣熱氣，溫暖了我的耳垂。就當雲霧被風吹散的一剎那，我看見山谷的每個角落都已經被開闢成梯田，幾乎不剩下一點樹木存活的空間，過度密集開發的景象，令人怵目驚心，而冬天農作物稀少，四處只見光禿禿的爛泥。花苗少女帶我下車，走上了一道長長的田埂，幾間破舊的木屋就座落在前方。我們踩過泥地，在這麼冷的天氣之中，少女竟還穿著透明的塑膠涼鞋，一雙紅色的襪子全都浸泡在黃色的泥水裡，但她卻一點也不以為意，也不怕滑。她一邊走，一邊用平靜的口吻說，今年還不算什麼，因為去年更冷，牛死了，就連雞也死了。

我們一直走到田埂的盡頭。這裡並沒有我要找的藍色木門。

不知是季節不對，還是怎麼的，我們走過好幾個村落，居然一個比一個更加死寂，不見人跡，偶爾冒出來三兩個好奇的孩子，在我們身後奔跑一陣之後，也就倏忽失去了蹤影。我們站在空寂的山谷裡，少女卻指著前方說，光是這一帶就住了好幾萬人哪。

好幾萬？我懷疑自己是聽錯了。但此時他們卻不知消失到哪裡去了。我回望四周綿延起伏的山巒，一層又一層永無止盡的梯田，以及躲藏在山坳處的小木屋，我知道自己是在大海撈針。我還天真地以為，這一次，我一定又可以像從前一樣找到父親，但沒想到山脈連綿不斷，而山的背後又是遼闊的中國大陸。我忽然想起，在後來好長的一段時間中，越南女孩經常打電話給我，顯示的總是八六開頭大陸的區域號碼，起初我還覺得奇怪，如今才恍然大悟，原來她是翻過這些山到中國去了。她早就不在這裡。但在電話中她卻沒有講明，只是一直用破碎的國語問我好不好？而當我反過來問她時，她就嗚嗚地哭泣起來，說她好想念父親，叫我一定要來越南看她，她會在這兒等我，一直等著我。

但其實她早就已經離開了這裡。

有時她打來，卻連話也不說，一聽到我的聲音就哭，那哭聲綿長不斷，幽幽的，在黑暗之中，拉長了的尾音輕輕地發顫。她哭得連我也慌了，只能沉默著，或說一些不著邊際安慰的話，要她打起精神好好活下去，說我一定會去越南看她，也不知她究竟聽懂了沒？就這樣持續了將近兩年多，我終於再也沒有接過她的電話。然而此刻我望向眼前重疊的山巒，彷彿又聽見了她的哭聲，在谷地之間若有似無地迴盪，一陣風來，把我和花苗少女全包裹在濕冷的雲霧中。

黑夜漸漸地降臨在這片寧靜的山谷上。

雨變小了，卻還是滴滴答答地落下，街燈朦朧亮起，照得一路都是烏油油的水光。夜晚來臨，山中的溫度更低了，恐怕早已降到零下，而花苗少女竟也不回家，她又搭著摩托車，陪我一起回到沙壩鎮上。在迷濛的雨夜裡，她和幾個少數民族的少女蹲坐在燈下的台階，裹著大塊的繡花披肩聊天。我向她擺手道再見，她抬起頭來微笑著，臉龐在夜中發出神祕的光芒，但卻陌生得宛如來自於另外一個世界。是的，我喃喃地在心中默念著：

她從小就在叢林之中長大，這裡才是她的世界，而她的眼睛逐漸炯炯發亮起來，就像是一隻在黑夜中搜尋獵物的豹。

所以根本就沒有通往另外一個世界的甬道。這裡被純白雲霧所遮蔽的，只是一堵又一堵看不見的牆。

我惆悵地走在冷清的街上，沒有任何行人，但我卻不想要帶著這樣的心情獨自一人回到旅館。於是走進唯一一間還亮著燈的餐廳，我推開門，迎面而來室內的溫暖和食物香氣，竟讓我在一瞬間泫然欲泣。我脫下外套，走到角落的桌邊坐下，點了杯咖啡，而餐廳裡的客人除了我之外，只有一個上了年紀的白人女子，就坐在我的正前方。

她穿著一件象牙色高領毛衣，雙手擱在木頭桌沿，十指交扣，指尖不斷神經質地來回搓弄，而桌上擺著的咖啡和三明治，卻始終沒有動過。她睜大了一雙淺藍到近乎透明的眼睛，一個人在喃喃自語，語調平緩，臉上的表情既沒有開心，更沒有憤怒，似乎只是有許多話想說而已。但她說話的神態卻是如此的專注，以至於我直視了她好久，她竟然都絲毫未曾察覺，只是把我當成了一個在山區之間遊蕩的隱形幽魂。她蒼白的嘴唇不斷地一開一闔，一開一闔，瘦削的臉頰也隨之微微地顫抖，但她究竟是在說些什麼？又想要說給誰聽呢？而她又為什麼會一個人來到這座偏遠的山城？

我沉默地看著她，把自己一雙凍僵的手也從口袋抽出來，擱在桌沿上，就像她一樣十指交扣。我們採取一模一樣的姿勢，相互對坐著，而就在那一刻，往事忽然源源不絕地向我湧來。

我想起高三那年，母親想把登記在我名下的北投公寓賣掉，但因為我尚未成年，必須監護人同意，那時我才知道，原來法律上我的監護人仍是父親。父親開車載我去戶政事務所辦手續，當我們來到北投市場前時，他卻忽然踩住煞車，說什麼也不肯下去。他不准母親賣掉這間房子。「這是妳的財產，不能讓妳母親拿了去。」他還說，當年離婚時他給了母親一筆錢，講好是給姊姊和我，卻都被母親侵吞了，而現在他決定要好好保護我，他邊說，邊趴在駕駛盤上痛哭，又說當年兩人離婚反目成仇，也還不都是為了錢？

我困惑地望著他，分明是母親獨力撫養我們姊妹長大的，怎麼到頭來，又變成是他的功勞？但不管事情的前因後果如何，一切終究又落入了金錢的俗套，未免令人生厭。於是我漠然地望向車窗外來往的人群，下午一點陽光正是毒辣，潑在車頂上，烤得人頭昏腦脹。我默不吭聲，也不拿張衛生紙給他，就任由他去哭，心中卻奇異地想發笑：我從來都不知道，他居然也會保護我？

他從沒想過保護我。他帶我去天母游泳池，把六歲的我往三公尺水深的地方一扔，便自顧自地游開了，旁邊的大人驚叫起來，他卻笑嘻嘻地說不打緊，淹不死的。他總是離得遠遠的，教我自己一個人想辦法游到終點。

因為他從來沒想過我會死。反倒是我，從很小的時候就在想像他的死亡，想了一遍又一遍，想像著我要去拯救他，保護他，彷彿很肯定除了我之外，就再也沒有人可以為他送終，而不管他逃到天涯海角，這件人生中最後的事情，終歸還是要落到我的頭頂上。

所以我想過一百次、一千次他的死亡。小時候除夕夜他沒回來吃飯，也沒交代上哪兒去了，整個人就莫名其妙地失蹤。我總害怕他是死了，走在路上，每分每秒都在猜想：他死了？他沒死？假如前方路口出現的第一輛車是紅顏色的話，那就是死了。我暗暗地想，心臟卻不禁噗噗狂跳起來，整條街忽然充滿了惘惘的威脅，我掩起臉，竟是不敢再把眼睛張開。

但他終究沒死，他的運氣比誰都好。我在一旁看得驚險，他自己卻渾然不覺。有一回強烈颱風來襲，不知怎麼的他竟冒著風雨，開車來北投探望我們。我們留他住下，他卻說什麼也不肯，離開時，我到陽台送他，見他一邊打開車門，一邊仰起臉來揮手道別，身上穿的一件黑色長大衣在狂風暴雨之中飛舞，我的心底忽有了生離死別的慘然。

隔天看新聞，才知道施工中的圓山高架橋被風吹垮了，差一點就壓到他的車子。他卻開心地說，自己的運氣真好，因為就差一秒鐘。我聽到卻嗚嗚地哭了。

「如果沒有那一秒呢？」我啜泣著問。

他驚奇地看著我，安慰我說，「別哭別哭，現在我不是好端端地坐在這兒嗎？」他無法想像我連「如果」都受不了，生命中的暗影已經太多，而在機率的遊戲之中，我不相信好運會站在我這一邊，所以我要的是：足以牢牢把握在手中的、一清二楚的答案。

而他總是連答案都不肯給，他要妳自己去找，去猜。在一九九一年夏天，我陪他回山東老家，第二天他卻獨自一人上青島，把我丟在農村十多天。而他這一去無消無息，身上又帶著大把的美金，我以為他是死了，被謀財害命了。我終於忍耐不住上青島去找他，卻又不知他人在哪兒？只能用最笨的方式，一間一間旅館慢慢地去問：「有沒有見過這個人？」豔陽下我走遍了青島市，走到整條街在熱氣中傾斜融化，而我搖搖晃晃地走著，柏油路面彷彿海浪在腳底下波瀾起伏，我有些暈眩，有些無助，又回到了小時候的心情，開始一遍一遍地想像他的死亡。

我想像過不只一百次、一千次他的死亡。然而，這一次是真的了嗎？

我去戶政事務所註銷他的戶籍，公務員把他完整的謄本印出來後，居然噗嗤一笑，問我，妳父親怎麼娶這麼多老婆？

我拿著那張戶籍謄本去辦理他的撫卹金，承辦的小姐卻皺著眉說，妳得要證明，妳父親的這些妻子都沒有小孩。

我啞著喉嚨說，妳要我上哪兒去找？她們有的死了，有的人在南京，有的人在桂林，有的人在越南，還有許許多多未被註記的姓名。她們總是說要我去看她們，說她們會等著我，一直在那兒等著我，但如果真要我啟程，回溯父親一生的經歷，那就像是在拍一部情節俗爛的長篇連續劇，一趟沒完沒了的大旅行，所以妳教我要從哪兒開始找起？

而我只能從他的最後一天開始。因為這一次的死亡是千真萬確的了。我坐在這座北越山區的霧中小鎮，靠近他生命終點的祕密核心，就讓時光緩緩地倒轉，回到他的最後一夜，最後的頻頻呼喚。而我不禁喃喃地叫他，爸爸，**PaPa**，破唇音，從我此刻溫暖又濕潤的嘴唇之中，輕輕破裂而出，宛如新生命從蛋殼中孵化：爸爸，爸爸。

黑夜中白霧流滿了整條街道，把往事一幕幕送了回來，滔滔逝水年華，如今卻只剩無限悲哀。而坐在我對面的白人女子姿勢一直沒改，她還在喃喃地訴說著，那故事始終沒有完。於是我舉起手招呼店員，又叫了一杯咖啡。我知道，只要繼續耐心地等候下去，我終究會被白霧帶回到四十年前的那個黎明，那被母親溫熱子宮所不斷擠壓的陣痛中，我蜷起雙腿，漂浮在羊水之中，瞇起迷濛的雙眼，彷彿窺見外頭一絲絲混沌灰暗的天光，眼看著，寅時就快要到了，而我已經準備好了，就等待父親伸出一雙手來，當他接過我時，我將會再度放聲大哭，就在初見到他的：那一刻。

九　歌　文　庫　1　4　3　5

溫泉洗去我們的憂傷：追憶逝水空間

國家圖書館出版品預行編目（CIP）資料

溫泉洗去我們的憂傷：追憶逝水空間 / 郝譽翔著 . --
增訂新版 . -- 臺北市 : 九歌出版社有限公司 ,
2024.09
面；　公分 . -- (九歌文庫 ; 1435)
ISBN 978-986-450-701-6 (平裝)

863.55　　113009622

作　　者——郝譽翔
創 辦 人——蔡文甫
發 行 人——蔡澤玉
出版發行——九歌出版社有限公司
臺北市八德路 3 段 12 巷 57 弄 40 號
電話 / 25776564 傳真 / 25789205
郵政劃撥 / 0112295-1

九歌文學網　www.chiuko.com.tw

印　　刷——晨捷印製股份有限公司
法律顧問——龍躍天律師 ・ 蕭雄淋律師 ・ 董安丹律師
初　　版——2011 年 4 月
增訂新版——2024 年 9 月
定　　價——380 元
書　　號——F1435
I S B N——978-986-450-701-6
9789864506989（PDF）
9789864506996（EPUB）